채만식을 읽다

채만식을 읽다

전국국어교사모임 지음

머리말

웃음을 자아내지만 속에는 날카로운 비판 의식을 감추어놓는 것, 즉 비판적 웃음을 우리는 풍자라고 한다. 풍자소설 하면 떠오르는 작가는 박지원과 채만식이다. 조선 후기의 혼란상을 풍자와 야유로 이야기한 박지원. 일제강점기의 암울함과 해방 후 혼란함을 유려한 필체로 풍자한 채만식. 박지원의 작품은 한문이니, 한글로 세상을 풍자한 대표적인 작가로 채만식을 뽑아도 토를 달 사람은 없을 것이다. 가난과 폐결핵으로 평생을 고생한 작가. 그래도 끝내 암울한 현실을 풍자한 작가.

이 책은 채만식의 단편소설 다섯 편을 뽑아 실었다. 일제강점기 암울한 현실을 풍자한 〈명일〉과 〈치숙〉, 해방 직후 혼란한 현실을 풍자한 〈미스터 방〉과 〈논 이야기〉, 잘 알려지지는 않았지만 풍자가 아닌 삶의 순결성을 이야기하는 〈두 순정〉은 지금 읽어도 의미가 깊다.

친일파 같은 사람들과 기회주의자가 떵떵거리며 사는 이 시대에 채만식의 소설은 여전히 가치가 있다. 시대의 아픔을 풍자와 해학으로 풀어나간 채만식의 소설은 일제강점기나 해방의 공간에서만 유효한 것이 아니다. 21세기인 지금에도 그의 소설은 우리에게 질문을 던진다. 100년 전과 얼마나 달라졌느냐고, 얼마나 나아졌느냐고 다그친다. 삶의 부조리가 존재하는 한 그의 풍자는 여전히 유효할 것이다.

그는 친일을 한 작가이다. 비록 반성의 글을 썼다고 해도 이는 지워지지 않는다. 그러나 친일을 했다고 해도 그의 풍자 또한 지워지지 않는다. 끝끝내 작가이고 싶었던 채만식의 소설은 지금 읽어도 재미있다. 그리고 서늘하다. 일제강점기를, 해방 직후를 생생하게 풍자한 그의 작품을 읽으며 어떻게 사는 것이 현명한지를 생각해 보면 좋겠다.

이 책은 채만식의 소설을 먼저 접한 선배가 채만식의 소설을 접할 후배에게 채만식 소설을 좀 더 쉽게 만날 수 있도록 안내하는 책이다. 이 책을 읽으며 채만식 소설의 매력을 느낄 수 있었으면 좋겠다. 그리하여 우리의 청소년들이, 바삐 사는 현대인들이 채만식의 소설 세계에 한 걸음 다가서면 좋겠다.

이정관

차례

01

채만식의

삶과

작품

세계

채만식의
삶

죽는 순간까지도 작가로 남고자 했던 채만식

원고지 20권만 보내주시게. 내가 건강이 좋아져서 글이라도 쓰려고 하는 것같이 생각할는지 모르지만, 사실은 그렇지 않네. 나는 일평생을 두고 원고지를 풍족하게 가져본 적이 없네. 이제 임종이 가깝다는 예감이 드는 나로서는 죽을 때나마 머리맡에 원고지를 수북이 놓아보고 싶네.

채만식이 죽기 두어 달 전에 시인 장영창에게 남긴 편지의 일부분이다. 그는 1924년 단편 〈세길로〉부터 1950년까지 소설, 희곡, 평론, 수필 등 1000여 편의 작품을 저술했다. 많은 작품을 발표했음에도 여전히 그는 발표하고 싶은 작품이 많았던 것 같다. 그는 죽는 순간까지도 작가로 남고자 했다. 원고지를 곁에 두고 눈을 감고 싶다고 말하는 그의 유언은, 그가 끝까지 작가로서 살고자 했던 의지를 보여준다.

고향의 언어를 통해 이야기를 펼쳐가는 채만식

채만식은 1902년 7월 21일(음력 6월 17일) 전라북도 임피군 군내면 동상리(현 군산시 임피면 읍내리)에서 6남매 중 막내아들로 태어난다. 그가 태어난 곳은 익산과 군산의 중간쯤 되는 자그마한 마을이다. 마을 앞뒤로 만경강과 금강이 흐르는 곳. 고향 인근 높지 않은 남산에 올라가면 만경평야가 보이는 곳. 그는 열여섯 살까지 그곳에서 뛰놀며 꿈을 키운다.

그 시절을 작가는 〈만경평야〉라는 수필에서 "봄이면 진달래를 꺾으며 남산에 올라가 들을 바라보고 놀았고, 여름이면 인근 남산 밑 냉천으로 멱을 감으러 갔다가 꼭대기까지 올라가서 들을 바라보고 놀았고……"라고 회상한다. 그리고 "가을에 만경평야를 내려다보면 어디라 없이 마음이 훤하니 트이는 것 같고 하면서 한편 무엇인가가 곰곰이 생각켜지는 것이 있었다."라고 고백한다. 고향의 자연을 보며 꿈을 키운 그는, 많은 작품에서 고향의 언어를 통해 그의 이야기를 펼치는 작가가 된다.

기울어가는 가세에도 교육열이 높았던 아버지 채규섭은 자식들을 서당에 보내 한문을 익히게 했다. 덕분에 막내였던 채만식도 1914년 임피보통학교를 졸업하고 열일곱의 나이에 서울에 있는 중앙고등보통학교에 입학한다. 중앙고등보통학교 재학 중에 은선홍과 결혼한다. 1920년 졸업 후 일본 와세다대학 부속 제1와세다고등학원 문과에 입학했으나 관동대지진의 영향과 어려워진 집안 형편으로 1923년 학업을 중단하고 귀국한다.

채만식은 임피라는 작은 지방에서 태어났지만 일제가 수탈을 목적으로 발전시킨 군산을 고향처럼 쉽게 다닐 수 있었다. 중앙고보를 다니기 위해 서울로, 와세다대학을 다니기 위해 도쿄로 그의 삶의 터전을 넓힌다. 임피에서 군산, 서울, 도쿄 등으로의 공간 확장은 소설의 다양한 공간적 배경이 된다. 농촌과 도시를 아우르는 소설의 공간은 그의 삶과 무관하지 않은 것이다.

일제의 엄격한 검열 속에서도 저항 의식을 보여준 채만식

채만식이 1924년 경기도 강화에서 사립학교 교원으로 있을 때 〈세길로〉가 《조선문단》 3호에 추천되어 문단에 등단한다. 이후 1925년 동아일보 정치부 기자로 활동하다 이듬해 그만둔다. 1931년 개벽사에 입사했다가 1933년 조선일보에 장편 《인형의 집을 나와서》를 연재하며 조선일보로 직장을 옮긴다. 1934년 《신동아》에 풍자적인 수법으로 지식인의 실직 문제를 다루어 사회 현실을 고발한 희곡 〈인텔리와 빈대떡〉을 발표한다. 이어 주인공이 실직 상태에 놓여 있는 자신의 전철을 밟지 않도록 자식만은 지식인을 만들지 않을 결심으로 아홉 살 난 아들을 인쇄소 직공으로 취직시킨다는 내용의 단편 〈레디메이드 인생〉을 내놓아 풍자 작가로 주목받게 된다. 지식인 소설이라고 불리는 이 소설은 당대 사회 현실에 대한 비판에 치중하여 분석적이며 서사성이 약하다는 평을 받지만, 당시 지식인의 무기력한 모습을 사실적으로 그려내어 시대를 풍자하고, 일제의 엄격한 검열 속에서도 저항 의식을 보여준 작품으로 평가받는다.

이후 10여 년 동안의 기자 생활을 청산하고 금광업을 하던 형과 개성, 강화, 안양으로 돌아다니며 창작 활동에 매달린다. 이 무렵 그는 일제의 농업 정책을 비판하는 내용의 소설 〈보리방아〉를 1936년 조선일보에 연재하나 곧 검열에 걸려 중단하고 만다. 또한 희곡 〈심봉사〉를 《문장》에 연재하려 했으나 일제의 검열로 전문을 삭제당한다.

이런 상황에서 채만식은 일제의 검열을 따돌리기 위해 더욱 은밀하고 세련된 풍자 기법을 개발하게 되는데, 이렇게 해서 나온 것이 1937년 조선일보에 연재된 장편 소설 《탁류》이다. 이어 1938년 그의 또 다른 대표작 《천하태평춘》(후에 《태평천하》로 제목을 바꿈)을 《조광》에 연재한다. 이후에도 풍자성이 뛰어난 〈치숙〉, 〈이런 처지〉, 〈소망〉 등 서술자의 일방적인 독백 형식으로 진행되는 풍자소설을 발표한다.

시대의 부조리를 풍자한 채만식

1939년 '독서회 사건'으로 구속된 채만식은 날이 갈수록 포악해지는 일제의 탄압 때문에 체념 섞인 비관주의로 기운다. 그는 이 사건 이후 신변을 살피거나 과거를 돌아보는 내용의 작품들을 주로 내놓는다. 이때부터 그의 친일적인 글쓰기가 시작된다. 1940년부터 시작한 그의 친일 글쓰기는 1944년 10월 5일부터 1945년 5월 17일까지 연재된《여인전기》를 마지막으로 마무리된다.

해방 후 그는 가난과 지병인 폐결핵에 묻혀 비참한 생활을 한다. 이런 상황에서도 해방 후의 부조리한 현실을 풍자한 〈맹순사〉, 〈미스터 방〉, 〈논 이야기〉 등의 작품을 1946년에 발표한다. 이 작품들은 해방이 되었어도 여전한 사회 모순을 날카롭게 풍자하고 있다. 그리고 그는 1948년 소설 〈민족의 죄인〉을 통해 친일 활동을 회개한다. 그의 회개가 친일 활동을 지울 수는 없지만, 그래도 작품을 통해 친일을 반성한 유일한 작가라는 면에서 의미가 있다.

평생 집 한 채 마련하는 것이 소원이었던 채만식은 고향 임피에서 멀지 않은 이리(지금의 익산)에 양기와집 한 채를 마련한다. 그러나 무리한 집필로 폐결핵이 악화되었고, 이를 치료하기 위해 쓴 치료비 때문에 집을 처분한 후 익산시 마동의 작은 초가집으로 이사한다. 이곳에서 그는 1950년 6월 11일, 들꽃과 함께 화장해 달라는 유언을 남기고 마흔아홉 살의 나이로 세상을 뜬다.

민족의 아픔이 깃든 일제강점기의 부조리를 풍자한 소설가. 식민지 상황에서의 농민의 궁핍, 지식인의 고뇌, 도시 하층민의 몰락 등을 반어와 풍자로 풀어낸 작가. 해방 이후에도 해방 후의 혼란상 등을 비판한 풍자 작가. 그리고 소설을 통해 자신의 친일 활동을 반성한 작가. 이런 채만식을 평론가 김병익은 이렇게 평가했다.

경향 문학에 동조하되 결코 카프 조직에 참여하지 않았으며, 프로 문학을 벗어나되 당대의 구조적인 모순의 현실에 정면으로 대결하며, 발랄한 풍자 정신으로 인간과 세태를 묘사하되 식민지 지식인으로서의 통철한 비판 정신을 잃지 않은 작가. 채옹(采翁) 채만식은 〈삼대〉의 횡보 염상섭과 함께 30년대 조선의 비극적인 상황을 가장 깊이 인식하고 근원적으로 비판하면서 '진보에의 신념'을 끝까지 감추지 못한 대기의 지성인이었다.

채만식의
작품 세계

채만식은 일제강점기에 활동했던 가장 뛰어난 작가 가운데 한 사람이다. 그는 다른 작가와는 달리 풍자를 사용하여 일제강점기의 사회 모순을 빼어난 필치로 표현했다. 그러나 1940년 이후 대일 협력으로 급선회한다. 해방 후 자신의 친일 행위를 반성하는 작품을 쓰며 잘못을 시인했지만, 이로 인해 그에 대한 평가는 양극단으로 갈린다.

채만식은 〈세길로〉(1924년)부터 유고작인 〈소년은 자란다〉까지 25년 동안 장편, 중편, 단편 등 80여 편의 소설을 썼으며 콩트, 동화, 수필, 희곡, 촌극, 시나리오 등 다양한 장르의 문학작품을 창작했다. 이뿐만 아니라 50여 편의 문학평론과 서평 등을 통해 문학에 대한 자신의 의견을 펼쳐나갔다. 채만식은 일제강점기 이광수, 김동인, 염상섭 등과 함께 많은 양의 작품을 집필한 작가이다. 이들 가운데 그는 풍자와 해학의 작가로 우리 문학사에 새로운 이정표를 세웠다. 일제강점기를 살아가야 하는 지식인으로서의 치열한 비판 의식을 풍자와 해학을 통해 드러내었다.

채만식은 일제강점기 식민지 자본주의 사회의 모순을 풍자하는 작품을 주로 써왔다. 〈레디메이드 인생〉, 〈명일〉, 〈치숙〉 등의 단편과 《탁류》, 《태평천하》 같은 장편이 그 대표적인 작품이다. 해방 이후에도 〈맹순사〉, 〈미스터 방〉, 〈논 이야기〉 등의 작품을 통해 해방 후의 부조리한 사회 모습을 풍자적인 기법으로 표현하고 있다. 그래서 채만식을 대체로 풍자 작가, 경향 작가, 현실비판 작가 등으로 분류한다. 세태와 풍속의 묘사를 통해 당시의 부조리를 풍자하면서, 지식인의 실직 문제 등 사회의 모순을 적나라하게 드러내는 그의 소설을 읽다 보면 일제강점기의 모습과 해방 후의 모습을 자연스럽게 이해하게 된다.

그러나 그는 풍자를 통한 현실 비판적인 소설만 쓴 것은 아니다. 그의 소설의 다른 한 축은 낭만성이다. 풍자성이 채만식 소설의 중심축이지만, 그 주변으로 낭만성을 중시한 작품들이 자리 잡고 있다. 풍자성이 강한 소설보다는 매력적이지 못하지만, 끊임없이 낭만성을 띤 작품들을 생산해 왔다. 〈얼어 죽은 모나리자〉, 〈생명〉, 〈두 순정〉, 〈쑥국새〉 등은 삶의 낭만성을 중심으로 이야기를 전개하는 작품이다. 이상재는 이 낭만성이 후에 그가 친일의 문학으로 돌아서는 한 축이라고 주장한다.* 그러니까 채만식은 풍자를

---

* 이상재, 〈채만식 소설의 낭만적 죽음 연구〉, 《한국문예비평연구》 제57집, 2018.

통해 현실의 모순을 비판했으며, 낭만성을 통해 정신의 순결성을 보여준 작가이다.

풍자성과 낭만성이 채만식 소설의 핵심축이라면 이 축을 돌게 하는 힘은 문체이다. 그의 소설에는 그 당시 소설가들에게서 조금씩 나타나는 일본식 문장이나 번역 문투가 거의 없다. 그의 고향인 전라도 사투리를 포함해 다양한 사투리를 활용했고, 우리의 고유어를 풍부하게 구사하여 이야기를 전개한다.

이러한 채만식의 작품 세계는 세 가지 측면에서 다른 작가와 구별된다. 첫 번째가 풍자성이다. 일제강점기와 해방 직후의 작가 가운데 풍자로 시대와 현실을 비판한 작가는 드물다. 채만식은 일제강점기와 해방 후의 혼란상을 풍자를 통해 이야기를 풀어나간다. 두 번째는 그의 소설에 등장하는 지식인들이다. 지식인 소설로 불리는 일군의 작품들은 문학성과 풍자성을 두루 갖추고 있다. 세 번째는 소설을 이끌어가는 서술자의 역할이다. 그는 의도적으로 서술자가 사건에 직접 개입하거나 서술자가 화자가 되어 직접 이야기를 풀어가는 소설을 많이 썼다. 서술자의 역할을 극대화하는 것이 채만식 소설의 특징이다.

풍자성

풍자를 빼놓고는 그의 소설을 논할 수 없을 만큼, 풍자는 채만식

문학의 주요 자산이다. 채만식의 대표작 가운데 하나인 〈레디메이드 인생〉은 우민화 정책으로 양산된 지식인들을 기성품으로 풍자하는 소설이다. 이 소설의 주인공인 지식인 P가 직업을 구하기 위해 벌이는 하루의 이야기로, 일본 유학까지 다녀온 P는 직업을 구하지 못해 굶기를 밥 먹듯 한다. 끝내 취직하지 못한 P는 미래에 대한 불안 때문에 아홉 살 난 자식을 학교에 보내지 않고 인쇄소에 취직시킨다. 일제의 우민화 정책에 의해 양산된 지식인의 무능과 당시의 구조적인 병폐를 비판하고 풍자한 것이다. 이러한 지식인 풍자는 〈명일〉로 확장되어 〈치숙〉으로 이어진다.

풍자성은 장편으로도 이뤄진다. 《탁류》(조선일보, 1937~1938)는 일제강점기에 호남평야에서 생산된 쌀을 일본으로 반출하던 항구도시 군산을 배경으로 한 여인의 수난사를 그리고 있다. 노름에 빠져 큰 빚을 지게 된 정 주사가 자신의 딸을 사기꾼이자 호색한인 은행원 고태수와 결혼시키면서 정 주사의 딸 초봉의 인생은 탁류에 휩쓸리게 되고, 결국 살인까지 저지르게 된다. '탁류'라는 제목이 암시하듯이, 탁류처럼 혼탁한 사람들로 인한 위선, 음모, 살인을 탁월한 필치로 풍자하고 있다. 일제강점기 1930년대 한국사회의 단면을 예리하게 해부한 작품이다.

《태평천하》(조광, 1938)의 원제목은 《천하태평춘》이다. 윤씨 가문의 5대에 걸친 이야기를 다룬 가족사 소설이다. 지주이자 고리대금업자인 윤직원 영감은 일제의 지배를 받는 현실을 '태평천하'

로 믿는다. 역사에 대한 몰이해와 사회에 대한 불신으로 가득 찬 윤직원의 집안이 어떻게 몰락해 가는지를 보여준다. 윤직원을 희화화하여 그의 삐뚤어진 역사의식을 풍자한다. 《탁류》가 긍정적인 인물의 몰락 과정을 보이면서 혼탁한 것들이 다 휩쓸려 나가고 새로운 세계를 창조할 것이라는 점을 암시했다면, 《태평천하》는 부정적인 인물들의 몰락 과정을 그리면서, 마지막에 긍정적인 인물이 나타나 새로운 세계를 창조하리라는 점을 암시하고 있다.

지식인 소설

채만식 소설에 자주 등장하는 인물 유형이 지식인이다. 그 또한 지식인이었고, 지식인에게 맞는 직업을 가지고 생활한다. 강화의 사립학교에서 교사 생활도 했으며, 동아일보에 입사하여 학예부와 사회부에서 활동하기도 했다. 그런 그는 여러 소설에서 지식인의 삶을 풍자한다. 지식인 소설의 대표적인 작품으로는 〈레디메이드 인생〉, 〈명일〉, 《탁류》, 《태평천하》, 〈치숙〉 등이 있다.

〈레디메이드 인생〉은 식민지 우민화 정책에 의해 양산된 지식인의 삶을 비판적인 시각에서 다룬 작품이다. 이 소설의 주인공 P는 일본에 유학까지 한 지식인이지만 어디에도 취직하지 못하고 무기력하게 살아간다. P가 이렇듯 무기력하게 살아가는 이유는 사회주의적인 경향을 지닌 사람이기 때문이다. 그 당시 일제는 사회주의를 철저하게 매도한다. 일제는 지식인을 양산한 뒤 친체제적인 사람만을 선별하여 일자리를 준다. 사회주의 경향을 가진 P는 끝내 취직하지 못하고 아홉 살 난 아들은 자신과 같은 인텔리 실직자로 만들지 않겠다며 자식을 학교에 보내지 않고 인쇄소에 취직시킨다. 무능한 지식인의 자기 비하이자 조롱이다. 우민화 정책에 의해 양산된 지식인의 무능을 현실감 있게 표현한 작품이다.

〈레디메이드 인생〉이 지식인이라는 계층의 문제를 중점적으로 다루었다면 〈명일〉은 서울 변두리 도시 빈민층의 문제로 관심을 확대하여 일제강점기에 직업 동냥에 나선 지식인이 겪는 좌절과 그 현실을 풍자와 냉소로 제시하고 있다. 이런 지식인의 삶은 〈치숙〉으로 확장된다. 〈치숙〉에서는 부정되어야 할 인간형을 긍정하고 긍정되어야 할 인간형을 부정하며 지식인의 삶과 시대를 풍자한다.

〈치숙〉은 식민지 지배 질서에 반기를 들고 사회주의 운동을 하다가 투옥된 지식인이 출옥하여 가난한 신세를 면치 못하는 비극적 현실을 풍자한 소설이다. 일본인 밑에서 일하며 지금의 삶에 만족하는 '나'가 사회주의 운동으로 인해 빈곤에 빠진 지식인 아저씨를 조롱하고 비판하는 내용인데, 이 소설의 주인공 아저씨는 지식인이며 사회주의자이다. 그 당시 사회주의자라는 것은 일제의 식민지 우민화 정책에 반기를 들고 나선 사람이라는 뜻이다. 그렇기 때문에 그가 사회주의를 포기하지 않으면 직장을 가질 수도 없다. 자기의 지식을 사회에 환원할 수도 없다. 그래서 그는 방안에 누워 빈둥거린다. 무기력하고 가난할 수밖에 없다. 아무 쓸모가 없는 지식인이 된다.

장편《탁류》또한 지식인의 몰락을 그린 작품이다. 대체로 지식인이 등장하는 소설의 인물은 체제에 적응하지 못하는 인물인데, 이 소설의 지식인인 정 주사는 현실에 순응하여 살다가 몰락하는 지식인의 삶을 보여준다. 그는 식민지 지배 질서에 순응하여 군청에 취직했지만 결국 미두(현물 없이 쌀을 팔고 사는 일. 실제 거래를 목적으로 하는 것이 아니고 쌀의 시세를 이용하여 약속으로만 거래하는 일종의 투기 행위)에 빠져 재산을 탕진하고 도태당한다. 정 주사라는 지식인이 어떻게 체제에 순응하다 비극적 종말을 겪는지를 보여준다.

《태평천하》는 윤직원 일가의 비윤리적이고 반사회적인 삶을 통해 그 당시 사회의 모순과 자산계급의 삶을 풍자하고 있다. 이 소설의 인물 가운데 지식인은 윤직원의 손자 윤종학이다. 윤종학은 일본에 유학하여 법학을 전공하고 있는 지식인으로 할아버지 윤직원, 아버지 윤 주사, 형 윤종수의 체제 순응적인 삶에 회의를 느끼며 사회주의자가 된다. 그러다 그는 투옥되고 만다. 이는 지식인이 식민지 현실을 탈피하고 조국의 독립을 쟁취하기 위하여 식민지 체제에 반기를 드는 것이 불가능하다는 것을 암시한다고 할수 있겠다.

대체로 채만식의 소설에 등장하는 지식인 인물은 비극적이다. 감옥에 가거나, 감옥에 갔다 오거나, 가난에 찌들어 살면서 자학하거나, 다른 사람들의 조롱을 받는다. 채만식이 이러한 지식인을 전면에 등장시킨 이유는 지식인의 삶을 통해 식민지 체제를 풍자하기 위함이다. 식민지 체제에 순응하지 않으면 지식인인 그들은 취직도 할 수 없다. 생활 능력도 없이 무기력하게 살아갈 수밖에 없다. 그럼에도 그들은 식민지 질서에 반기를 들고 사회주의자가 된다. 비극적인 삶의 주인공이 된다. 체제 순응적인 지식인만을 원했던 일제에 채만식은 이러한 지식인을 내세워 반기를 든다. 일제강점기의 암울한 현실을 지식인 인물을 통해 풍자한다.

서술자

채만식 소설의 매력은 풍자와 반어이다. 그는 인물과 시대를 풍자와 반어의 기법을 통하여 적나라하게 보여준다. 이런 풍자와 반어의 효과를 극대화하기 위해 서술자의 개입을 자연스럽게 활용한다. 당시 사실주의 소설은 작가나 서술자의 개입을 피하고 현실을 객관적으로 재현하고자 했다. 그러나 채만식은 스스로 작품에 개입하고 서술자를 적극적으로 끌어들여 이야기를 풀어나간다. 그 당시 사실주의 소설이 '보여주기'에 충실했다면 채만식은 서술자를 끌어들여 '이야기하기'에 충실했다고 볼 수 있다.

그래서 그의 소설은 서술자가 사건, 인물, 이면의 정황에 대해 설명하고 논평하고 비판한다. 이러한 서술자의 개입은 고대소설의 설화체와 판소리의 구연 방식을 차용한 형식이라고 할 수 있다. 판소리와 같이 해학적이고 극적인 분위기를 조성하여 풍자와 반어가 가지고 있는 공격성, 신랄함, 냉소와 같은 날카로움을 감싸고 눙치게 하면서 서술의 평면성에 입체감을 불어넣는다.

서술자의 이야기 행위가 강력하게 표출되는 대표적인 작품은 《태평천하》, 〈치숙〉, 〈이런 처지〉, 〈소망〉, 〈흥보씨〉 등이다. 서술자의 이야기 행위는 이야기의 전달력을 높이고 풍자를 강화하고 심화하는 역할을 한다. 이런 작품들은 구어성과 현장성이 두드러지며, 대체로 대화적이고 친숙한 분위기가 조성된다. 그러나 서술자의 성격이나 서술자의 청자에 대한 관계가 작품마다 같지는 않다. 작품에 따라 서술자의 역할이 조금씩 달라지지만, 서술자의 이야기 행위가 소설의 중심축이 되어 이야기를 풀어나간다. 그래서 채만식의 소설에서는 서술자의 역할이 매우 중요하다.

채만식

작품

읽기

명일

숙정

치

두 순 정

미 스 러 방

논 이 야 기

명일

1

오늘도 해도 아니 뜨고 비도 아니 온다. 날은 바람 한 점 없이 숨이 탁탁 막히게 무덥다.

멀리 건너다보이는 마포 앞 한강도 물이 파랗게 잠겨 있는 채 흐르지 아니한다. 강 언저리로, 동리 뒤 벌판으로, 우거진 숲의 나무들도 풀이 죽어 조용하다. 지구가 끄윽 멈춰 선 것 같다.

내려다보이는 행길로 마포행 전차가 따분하게 움직거리고 기어가는 것이 그래서 스크린 속같이 아득하다.

영주는 방 윗문 바로 마루에 앉아 철 아닌 검정 빨래를 만지고 있다. 빨래에 물을 들이느라고 손에도 시꺼멓게 물이 들었다. 어깨 나간 인조 항라적삼*이 땀이 배어 등에 가 착 달라붙었다.

그는 자주 목 부러진 불부채*를 잡아 성미 급하게 활짝활짝 부

---

* 항라적삼 여름 옷감의 하나인 항라로 만든, 윗도리에 입는 홑옷.
* 불부채 불을 붙여 일으키는 데 쓰는 부채.

32

치나, 소리만 요란하지 바람은 곧잘 나지도 아니한다.

　남편 범수는 방에서 문턱을 베고 질펀히* 드러누워 낮잠을 자고 있다. 잠방이* 하나에 홑이불로 배만 가려서 빼빼 야윈 온 몸뚱이가 다 드러나 보인다.

　오정* 싸이렌이 우— 하고 전에 없이 가깝게 들린다.

　영주는 오목가슴에서 꼬르륵 소리가 나고, 잊었던 시장기가 다시 들어 침이 저절로 삼켜진다.

　범수가 입을 냠냠 하면서 무어라고 분명찮게 잠꼬대를 한다. 그것이 영주에게는 꿈에도 시장해서 무얼 먹고 싶어 입을 냠냠거리는 것 같았다.

　그렇게 생각하고 보아서 그런지, 남편의 앙상하게 야윈 팔다리며 갈빗대가 톡톡 불거진 가슴이 숨을 쉬는 마다 얄따랗게 달막거리는* 것이 새삼스럽게 눈에 띄었다.

　얼굴은 위로 이마가 훨씬 벗겨진 데다가 화상*이 길고 턱까지 쑥 내밀어, 신경질로 날이 선 코까지 격이 맞아가지고는, 전에 볼때기에 살점이나 붙어 있을 때에도 그리 푸짐한 얼굴은 아니었었다.

- 질펀히 주저앉아 하는 일 없이 늘어져 있는 모습으로.
- 잠방이 가랑이가 무릎까지 내려오도록 짧게 만든 홑바지.
- 오정 낮 열두 시. 정오.
- 달막거리다 자꾸 들렸다 내려앉았다 하다.
- 화상 얼굴.

그런 것이 머리털이 제멋대로 자라 제멋대로 흐트러지고, 위로 길게 째진 눈초리에 굵다란 주름살이 패고, 이마에도 그렇고, 위아래 수염이 비죽비죽, 감은 눈어덕˚은 푹 가라앉아 그 꼴이 오랫동안 중병을 치르고 난 사람 같았다.

"그 포동포동하던 속살은 다 어데 가고 저 모양이 되었을꼬!"

영주는 혼잣말로 두덜거리면서˚ 갠 빨래를 보에 싸서 마루에 놓고 일어나 잘근잘근 밟는다.

서쪽으로 내다보이는 하늘에는 낡은 솜 뭉텅이 같은 거지구름이 그득 덮여가지고 이따금 실오라기처럼 가느다란 빗줄기만 몇 개씩 내키잖게 흘리곤 한다.

바람이 금시로 쏴— 일어나고 굵다란 빗방울이 쏟아질 듯싶으면서, 그러나 날은 꿈쩍도 아니 하고 점점 더 무덥기만 하다. 사람을 답답하라고 약을 올리는 것 같다.

영주는 몇 번이나 남편을 잡아 흔들어 깨울까 하고 내려다보다가는 고개를 돌렸다.

더운 날 옆에서 낮잠을 자는 것을 보면 더 더운 것이다. 갑갑하고…….

그러나 잠을 자고 있는 동안이라도 시장기를 잊을 것을, 왜 할

• 눈어덕 눈두덩. 눈언저리의 두두룩한 곳.
• 두덜거리다 남이 알아듣기 어려울 정도의 낮은 목소리로 자꾸 불평을 하다.

일도 없이 깨우랴 싶어 그대로 두어두는 것이다.

마침 문간방에 따로 세 얻어 든 젊은 색시가 갸웃이 들여다보다가 범수의 벗고 누운 것이 눈에 띄자 고개를 옴칠한다. 영주는 웃으면서,

"괜찮어, 일루 와서 앉어 놀아요."

하고, 아닌 게 아니라 좀 꼴 흉한 남편의 자는 양을 돌아다본다.

문간방 색시라는 건, 시골서 농사일을 하다가 살 수가 없다고 서울로 올라와 막벌이를 하는 남편과 단둘이 지내는 식구다.

남편이란 사람은 나이 근 사십이나 되었으되 색시는 겨우 이십이 될까 말까 도람직한˚ 볼때기에 애티가 아직 남아 있어 귀염성스러웠다.

그는 남편이 벌이를 나간 사이면 별로 할 일도 없는지라, 늘 안에 들어와서 영주의 허드렛일도 거들어주고 말동무도 되고 하였다.

색시는 영주가 들어오란 말에 살금살금 들어와서 범수가 아니 보이는 곳을 골라 마룻전˚에 걸터앉는다.

"무엇 허세유?"

"빨래 좀 손질허느라구…… 날이 어쩌면 이렇게 극성스럽게 더

˚ 도람직하다 도리암직하다. 동글납작한 얼굴에 키가 자그마하고 몸매가 얌전하다. 여기서는 '동그란 얼굴'을 형용하는 말로 쓰임.
˚ 마룻전 마루의 가장자리.

35

읍수!"

"그러게 말이예유. 비두 안 오시구…… 그런데 저…… 거시기
가……."

색시는 무슨 대단한 소식이나 내통하는 듯이 목소리를 죽여 말
을 한다.

"올*에 난리가 난대유!"

"난리가?"

하고 영주는 짐짓 웃으면서 되물었다.

"예…… 올이 뼹자년*이람서유? 그래서 난리가 난대유."

"그럼 거 큰일 났게!"

영주는 하는 양을 보느라고 허겁스럽게 맞방망이*를 쳐주었다.

"큰일 났어유. 도루 시굴루 가야 헐까 배유."

"시골 가면 난리를 안 만나우?"

"그래두 깊은 산중에 가서 살면……."

영주는 그렇잖다고 설명을 해주려다가 색시가 그것을 여간만*
꼭 믿고 있는 눈치가 아니어서 그냥 말머리를 돌렸다.

"바깥양반은 벌러 나갔수?"

• 올 올해.
• 뼹자년 병자년. 1936년.
• 맞방망이 맞장구. 남의 말에 덩달아 호응하거나 동의하는 일.
• 여간만 '여간'을 강조하여 이르는 말. 어지간히.

"예, 오늘버텀은 전기회사 일 헌대유."

"전기회사?"

"예. 저 전차 철둑 놓는 일이래유."

"잘되었구먼."

"그냥 돌아댕기면서 지게벌이* 허는 것보담은 낫다구 그래유. 하루에 65전씩은 꼭꼭 받는다구……. 그새 지게벌이 헐 때는 하루 30전 벌기가 고작이구, 그나마 공때리는* 날이 퍽 많었는데유……."

영주는 자기네 일을 곰곰 생각하느라고 대답도 아니 했다.

'이 세상에 제일 만만한 인종은 돈 없는 인텔리*.'

라고 남편이 노상 하는 말이 새삼스럽게 머릿속에서 되씹히는 것이다.

남편이 그런 말을 할 때면 영주는,

"그것도 사람 나름이지. 제마다 다 그럽디까?"

하고 은연중 남편이 자기의 무능한 것을 이론으로 카무푸라쥬* 하려는 듯한 심정이 미워서 톡 쏘곤 하였으나, 막상 막벌이꾼도 나서기만 하면 적으나 많으나 간에 하루 먹을 것은 버는데, 돈 없고

• 지게벌이 지게로 짐을 져 날라주고 돈을 버는 일.
• 공때리다 허탕 치다.
• 인텔리 지적 노동에 종사하는 사회 계층. 또는 지식이나 학문, 교양을 갖춘 사람.
• 카무푸라쥬 camouflage. 위장, 속임수.

실업한 인텔리란 걸로 그만한 변통성*조차 없이 그저 막막한 자기네 처지를 생각하매, 남편의 하던 말이 비로소 마음에 찰칵 맞는 것 같았다.

2

범수는 시장과 더위에 부대끼다 못해 그런지, 깨우지도 아니했는데 혼자 꾸물거리다가 기지개를 기―다랗게 뻗치고는 푸시시 일어나 앉는다.

문간방 색시가 질겁을 하고 달아나는 것을 영주는 웃으면서,

"왜 벌써 일어나우?"

하고, 다 없어졌어도 다만 한 가지 남아 있는 남편의 맑은 눈, 자고 나서도 흐리지 아니하는 눈을 바라본다.

"응."

콧소리로 대답을 하고 범수는 자고 난 입맛을 다시면서 방바닥을 둘러본다. 입안이 텁텁한 게 무엇보다도 담배가 먹고 싶은 것이다.

그러나 담배는 아까 아침부터 없다.

• 변통성 형편이나 경우에 따라서 일을 잘 처리할 수 있는 능력.

"시장허잖어우?"

"응? 글쎄……."

범수는 모호하게 대답을 하고 데수기*를 긁적긁적한다. 영주는 빨래를 다 밟고 나서 도로 마루에 앉아 보를 펴놓는다.

범수는 또 한 번 나른하게 하품을 하고는 아내가 손에 시꺼멓게 물을 들여가지고 검은 빨래를 만지는 것을 보고 내키잖게 묻는다.

"건 머야?"

"애들 봄살이*……."

"봄? 살이?"

"응."

"걸 지금 왜?"

"이거나마 손질을 해두어야 인제 가을에 가서 입히지. 봄에 벗어논 것을 발써 빨어는 놓구두 손이 안 나서 그러다가 오늘은 일감도 없구 허길래……."

범수는 고개를 끄덕거렸다.

아침에 밀가루 10전 어치를 사다가 수제비를 떠서 아이들 둘까지 네 식구가 요기를 하고는 당장 저녁거리가 가망이 없는 판이다.

그러니 하루 앞선 내일 일도 염두에 없을 테거늘, 인제 가을에

• 데수기 어깨.
• 봄살이 봄철에 먹고 입고 지낼 양식이나 옷가지들을 통틀어 이르는 말.

가서 아이들을 입힐 옷을 시장한 허리를 꼬부려가며 만지고 있는 아내를 보며 범수는, 인간이란 것은 '생활의 명일*'에 동화 같은 본능을 가지는 것이구나 생각했다.

"아이들은 어데 갔소?"

눈에 아니 띄는 것도 아니 띄는 것이지만, 낮잠을 자려고 하는데 아이들이 지껄이고 떠드는 것이 성가시어 쫓아 내보내던 생각이 나서 아내더러 묻는 것이다.

"방금 저 밖에서 소리가 났는데…… 게 어데서 놀 테지……."

범수는 아까 자던 대로 도로 드러누웠다. 첨 당하는 것은 아니지만, 딱― 시장해서 앉아 있기도 대견했던* 것이다.

"또 잘려우?"

"아―니."

"시장허잖어우?"

"아―니."

범수는 더덕더덕 반자*에 바른 신문지에서 일류 양식당의 광고를 읽으면서 건성으로 대답을 한다.

"저 문간방 사내는 전기회사 일하러 다닌답디다."

영주로는 노동자면 노동자, 막벌이꾼이면 막벌이꾼 그것이 부

- 명일 내일.
- 대견하다 대근하다. 힘들고 고단하다.
- 반자 방의 윗면.

러운 것은 아니나, 무엇이든지 일거리에 다들리기가* 쉬워 그만큼 변통수가 있는 것만은 부러웠던 터라 문득 그 일이 잊히지 아니하는 것이다.

"전기회사라니?"

"아마 선로 공산가 봐요. 색시가 전차 철둑 일이라는 것이……"

"나두 그런 거라나 좀 했으면……"

"죽으면 죽었지, 그 짓을 해요?"

"근력만 당해낼 수 있다면……"

"세상에 해먹을 게 없어서 당신이 그 짓을 해요?"

"내가 무언데?"

"무어야? 당신이지."

"괜—헌 객기를 부리지 말아요. 있는 땅까지 팔아서 머릿속에다 학문만 처쟁였으니* 그게 무어야? 씨어먹을 수도, 씨어먹을 데도 없는 놈의 세상에서 공부를 했으니 그게 무어란 말이야? 좀먹은 책장허구 무엇이 달러?"

인제는 홍분조차 잊어버렸으나 범수가 늘 두고 염불처럼 되풀이하는 말이다. 그는 어려서는 부모가 시키는 대로, 또 중학 이후는 자기가 하고 싶어서, 그래서 공부를 하였다.

• 다들리다 어떤 상황에 맞닥뜨리다.
• 처쟁이다 잔뜩 눌러서 많이 쌓다.

자기 앞으로 땅마지기나 있는 것을 톡톡 팔아서까지 학자를 삼아 대학까지 마쳤다.

그러나 지금 와서 생각하면, 비록 의식하지는 못했으나마 천하˚ 어리석은 짓을 하고 만 것이다.

'만일 학문을 하지 아니하고 그대로 그 땅을 파고 있었다면…… 좌우간 머릿속에 학문을 집어넣었기 때문에…… 심신이 이렇게 약비해지지˚ 아니했다면 내게는 명일(明日)이 있었을 것이다.'

범수는 늘 이렇게 말했다. 그러나 영주는 남편의 그러한 속을 이해할 수가 없는지라, 그러한 말을 듣고 있으면 짜증만 나곤 했다.

"그거야 당신의 성미가 유난스러우니까 그렇지, 다른 사람들은 그렇잖습디다."

"그 사람들은 별수가 있나! 모다들 개밥에 도토리지……. 인텔리들의 운명이란 빤—히 내다보이는걸."

"그래두 그런 사람들은 어떻게 해서든지 직업을 가지구 그놈을 만족해서 아등바등 살려구 드는데, 당신이야 어데 그렇수? 차라리 그럴 테거들랑 자식들이나 내 걱정은 말구 당신 노상 하구 싶다는 대로 어데든지 가서 ××××을 허든지 허구려……."

˚ 천하 천하에. 세상에 다시는 없을 만큼.
˚ 약비하다 약하고 초라하다.

정말 남편이 그리하려고 나선다면 질겁해서 못 하게 말릴 테지만, 영주는 악이 오르는 판이라 그렇게 앙알거리고* 있는 것이다.

"글쎄 그렇게 해야 할 노릇을 하지 못하는 게 공부한 죄라니까……."

"그러면 눈을 질끈 감구 되어가는 대루 한세상 살든지……."

"그렇기라두 했으면 차라리 좋게? 아모것도 모르고 현재에 만족해서……."

"그러니 글쎄 어쩔 셈이요?"

영주는 보풀증*이 났다. 남편과 말을 하고 있노라면 칼로 물을 치는 것 같아서 헤먹기만* 하지 시원한 꼴은 볼 수가 없다.

"나두 모르지…… 좌우간 내일이란 건 없으니까……."

"참말 큰일 났수!"

영주는 탄식하듯 혼잣말같이 중얼거린다.

"큰일이야 왼통 세상이 큰일인걸……."

"아까 문간방 색시두 그럽디다만, 올에 병자년이라구 난리가 난답디다. 차라리 난리라두 났으면……."

"불감청이언정 고소원이야."*

* 앙알거리다 조금 원망스럽게 자꾸 군소리를 하다.
* 보풀증 앙칼. 제힘에 겨운 일에 몹시 악을 쓰고 덤비는 짓.
* 헤먹다 일이나 행동이 기대나 상황과 맞지 않아 어색하다. 흐지부지하다.
* 불감청이언정 고소원 감히 청하지는 못하였으나 본래 바라고 있던 바.

"홍, 난리가 난다면 당신 같은 사람이 뭘 제법 괜찮을 줄 아우?"

"못 해두 좋으니 제—발 좀……."

범수는 문득 여러 날 신문을 보지 못한 것이 생각이 나서 궁금했다.

최근 것으로 불란서에서 인민전선파가 내각을 조직했다는 것을 보고는 벌써 반달이나 신문을 얻어보지 못했던 것이다.

범수에게는 불란서의 인민전선파 내각의 그 뒤에 오는 것이 절대의 흥미였었다.

그는 문안에라도 들어갈까 하고 구중중한 벽에 가 아무렇게나 걸려 있는 단벌짜리 다 낡은 여름 양복을 바라보았다.

"저녁거리가 없지?"

범수는 할 수 없으면 양복이라도 잡혀야겠어서, 떼어 입고 나가기를 주저하는 것이다.

"번연한* 속이지, 물어서는 무얼 허우?"

영주는 풀죽은 대답을 한다.

"그럼 저 양복이라두 잽혀 오구려."

"그것마저 잽히구 어떡헐랴구 그러우?"

"그리 긴하게 양복을 입구 출입을 헐 일은 무엇 있나?"

영주는 그래도 느긋한 희망을 지니고 있었다. 남편이 몇 군데

---

* 번연하다 뻔하다.

44

이력서를 보내두었으니 그런 데서 갑자기 오라는 기별이 올지도 모르는 터에 양복을 잡혀버리면 일껏* 된 취직도 낭패가 되고 말 것이다.

그리고 또 남편이 밖에 나가 있는 동안만은 행여 무슨 반가운 소식이나 가지고 돌아오나 해서 한심한 기대를 하는 터였었다.

"천하없어두* 그건 안 잡혀요."

"거참 괘사스런* 성미도 다 보겠네!"

하고 범수는 더 우기려 하지 아니했다.

"정말 큰일 났수! 하두 막막한 때는 죽어버리기라두 하구 싶지만, 자식들을 생각하면 그럴 수두 없구. 글쎄 왜 학교는 안 보내려 드우? 우리는 이 지경이 되었으니 자식이나 잘 가르쳐야지."

영주는 아이들이 생각나자 가슴을 찢고 싶게 보풀증이 나는 것이다. 범수와 영주 사이에 제일 큰 갈등은 아이들의 교육 문제인 것이다.

영주는 아이들을 공부를 시켜서 장래의 희망을 거기다 붙이자는 것이다. 그는 하다 못하면 자기가 몸뚱이를 팔아서라도 아이들의 뒤는 댄다고 하고, 또 그의 악지*로 그만한 짓을 못할 것도 아

* 일껏 모처럼 애써서.
* 천하없어도 무슨 일이 있더라도.
* 괘사스럽다 엇나가는 듯한 태도가 있다.
* 악지 잘 안될 일을 무리하게 해내려는 고집.

45

니었었다.

그러나 범수는 듣지 아니했다. 섣불리 공부를 시켜봤자 허리 부러진 말처럼 아무짝에도 쓸데없는 반거충이*가 될 것이요, 그러니 그것이 아이들 자신 장래에 불행하게 할 뿐 아니라, 따라서 부모의 기쁨도 되지 아니한다고 내내 우겨왔던 것이다. 그러면서 그는 자기가 보통학교의 교과서 같은 것을 참고해 가며 산술이니 일어니 또 간단한 지리 역사니를 우선 가르치고 있었다.

그러나 영주가 보기에는 그것이 도무지 시원찮고 미덥지가 못했다.

범수는 아내에게 너무도 번번이 듣는 푸념이라 그 대답을 또다시 되풀이하기가 성가시어 아무 말도 아니 하려 했으나, 아내는 오늘은 기어코 요정*을 낼 듯이 기승*을 부리려 든다.

"글쎄 여보! 당신은 당신이 희망하는 일이나 있어서 그런다구, 나는 어쩌라구 그리우?"

"낸들 희망을 따루 가지구 그리는 건 아니래두 그래! 자식들이 장래에 잘되어 잘살게 하자는 생각은 임자허구 꼭 같지만, 단지 내가 골라낸 방법이 옳으니까 그러는 거지."

"나는 그 말 믿을 수 없어. 공부 못한 놈이 막벌이 노동자나 되

* 반거충이 무엇을 배우다가 중도에 그만두어 다 이루지 못한 사람.
* 요정 결판을 내어 끝마침.
* 기승 억척스럽고 굳세어 좀처럼 굽히지 않는 성미. 좀처럼 누그러들지 않는 기운이나 힘.

어 남의 하시*나 받지, 잘될 게 어데 있드람!"

"그건 20년 전 사람이 하던 소리야. 번연히 눈앞에 실증을 보면서 그래?"

"무어가 실증이란 말이요?"

"허! 그거참. 여보, 임자도 여자고보를 마쳤지? 나도 명색 대학을 마쳤지? 그런데 시방 우리 둘이 살어가는 꼴을 좀 보지 못해?"

"그거야 공부한 게 잘못이요? 당신 잘못이지……."

"세상 탓이야……."

"이런 세상에서두 남은 제가끔 공부를 해가지구 잘들 살어갑디다."

"그건 우연이고. 인제 세상은 갈수록 우리 같은 인간이 못살게 돼요. 내 마침 생각이 났으니 비유를 하나 허게 들어볼려우?"

"듣기 싫여요."

영주는 말로는 언제든지 남편을 못 당하는지라, 또 무슨 묘―한 소리를 해서 올가미를 씌우나 싶어 톡 쏘아버렸다.

"하따, 그러지 말구 들어보아요. 자, 시방 내가 돈이 1원이 있다구 헙시다. 그런데 그놈 돈을 어떻게 건사하기가 만만찮거든…… 돈을 넣을 것이 없단 말이야. 알겠수?"

"말해요."

---

* 하시 하대. 상대편을 낮게 대우함.

"그래 척 상점에 가서 1원짜리 돈지갑을 사잖았수?"

"1원밖에 없는데 1원짜리 지갑을 사?"

영주는 유도를 받아 무심코 이렇게 대꾸를 한다.

"거봐, 글쎄······."

하고 범수는 싱글벙글 웃는다.

"우리가 시방 공부를 한다는 것이 그렇게 1원 가진 놈이 1원을 넣어두랴고 1원을 다 주구 지갑을 사는 셈이야."

"어째서?"

"지갑을 쓸데가 있어야지?"

"두었다가 돈 생기면 넣지?"

"그 두었다가가 문제거든······ 그 지갑에 돈이 또 생겨서 넣게 될 세상은 우리는 구경도 못 해. 알겠수?"

"난 모를 소리요."

"못 알어듣기도 괴이찮지. 그렇지만 세상은 부자 사람허구 노동자의 세상이지, 그 중간에 있는 인간들은 모다 허깨비야."

"그렇지만 여보, 사람이 세상에 나서 벌어먹구 살기는 일반이 아니우? 그런데 하필 부모 된 사람이 앉어서 고되고 거센 일을 하고 남한테 하시받는 노동자로 자식을 만들 거야 무엇 있수?"

"벌어먹는 게 첫째 문제라나 누가? 새 세상에서 쓰일 인간을 만든다는 거지."

"문간방 사람이나 또 뜰아랫방 목수나 다 별수 없습디다."

"그래두 나보담은 월등 나어요. 그리고 우리 아이들은 내가 따로 가르치면 다 제절로 눈이 떠져요."

"나는 못 해요. 나는 누가 무어라구 해두 내일버틈 사립학교라두 보낼 테니 그리 알어요."

영주는 필경 이렇게 내뻗고* 말았다. 그러나 범수는 코로 웃고 맞서지도 아니한다.

3

비는 필경 오지 아니하고 어설픈 구름떼가 이리저리 흩어져 달아난다.

흩어지는 구름 사이로는 가끔가다 파—란 하늘이 조각조각 내다보인다.

영주는 손질한 빨래를 마당의 줄에다 척척 걸쳐 널고 도로 마루로 올라와 앉으면서,

"비는 또 멀리 달어난걸."

하다가 문득 남편이 하고 있는 짓을 보고 물끄러미 바라다본다.

범수는 배를 깔고 엎드려 재떨이에서 꽁초를 골라내어 정성스

---

* 내뻗다 기세가 꺾이거나 하지 아니하고 내처 고집스럽게 버티다.

럽게 까고 있었다. 꽁초래야 대빨주리˚가 새까맣게 타들어 오도록 피우고는 뽑어버린 것이라 깜찍스럽게 잘다. 그래서 그가 혼자 중얼거리는 말대로, "의사가 주는 극약적 분량" 같았다.

그래도 그는 겨우 어떻게 한 대 분량을 장만해 가지고는 오려놓은 신문지 쪽에 말기 시작했다. 장히˚ 어설픈 공정을 거쳐 그는 마지막 작업으로 침칠을 하고 있는 것이다.

그는 침을 한 번 꿀꺽 삼키고는 만 담배를 입에 물고 성냥을 찾다가 자기를 물끄러미 건너다보고 있는 아내와 눈이 마주치자 히죽이 웃는다.

"아이, 궁상이야!"

영주는 혀를 찬다. 그는 담배를 탁 채어서 싹싹 비벼버리고 싶은 것을 겨우 참았다.

"왜? 무어가 궁상이야? 나는 좋구만."

"나 같으면 저런 아쉰 담배는 안 먹어."

"흥, 먹으랬으면 싸우자고 덤비겠네! 잔말 작작 해두고 성냥이나 찾어 와."

"사람이 궁했으면 그저 궁했지, 어쩌면 그 모양이 되어가우 점점?"

˚ 대빨주리 대나무 담뱃대. '빨주리'는 '담뱃대'의 방언.
˚ 장히 매우. 몹시.

50

영주는 독살°을 피우고 싶은 마음과는 딴판으로 말소리는 힘이 없이 풀죽었다.

전 같으면 남편이 그저 거리낌 없이,

"담배 좀 사 와."

이렇게 아무렇게나 시켰을 것이다. 그러나 그러지를 못하고 다 타 빠진 꽁초를 주워 모아 신문지에 말아 먹고 있게끔 소심해진 그 심정이 밉살머리스러우면서도 한편 측은한 생각에 가슴이 질리는° 것이다.

전이라고 해도 그다지 넉넉하게야 지냈을까마는, 그래도 범수 자기 자신이 직업을 가지고 있어 벌이를 할 때에는 아무리 어려운 판에 당해서도 먹고 입고 살아가는 데 궁상을 피우거나 소심하거나 하지는 아니했다.

사람이 퍽 침울은 했다. 그러나 그것은 사상과 행동이 유리된 자기 생활을 반성하여 자신을 학대하는 데서 오는 오뇌° 때문이었다.

그는 학교를 마칠 때까지만 해도 퍽 뇌락하고° 활달한 성품이었다. 그리고 그 뒤에도 술이나 얼큰히 취하든지 어찌해서 기분이

• 독살 악에 받치어 생긴 모질고 사나운 기운.
• 질리다 쩔다. 감정 따위가 세게 자극되다.
• 오뇌 괴로움.
• 뇌락하다 마음이 너그럽고 작은 일에 얽매이지 않다.

좋든지 할 때는 아내로 하여금 믿음직한 미소가 저절로 흘러져 나오게 할 만큼 퀄퀄하고* 대담스러운 본성을 보여주었다. 그래서 좀처럼 아내의 눈치를 슬슬 본다든가 궁상을 피운다든가 하는 일은 없었다.

범수는 그 기묘한 외양에 타기조차 기묘하게 타는 담배를 붙여 물고 엎드린 채 단꿀 빨듯이 쭉쭉 빨고 있다.

"그게 그렇게 맛이 있수?"

하고 영주가 핀잔을 주나, 그는 딴생각을 하느라고 대답도 아니하고 아내의 얼굴만 말끄러미 뜯어보고 있다.

영주는 침이 묻지 아니한 한 편 쪽으로만 시뻘겋게 타들어 가는 담배를 입술이나 데지 아니할까 조마조마 바라보다가 보다 못해서,

"담배 한 곽 외상으루라두 갖다 달라우?"

하고 묻는다.

그는 담배를, 담배라도 10전짜리 피죤*을 외상이지만 사다 줄 생각인 것이다.

그까짓 10전 더 빚을 지나 마나 일반이다. 그보다는 그놈을 갖

• 퀄퀄하다 퀄퀄하다. 성격이나 행동이 시원시원하고 호탕하다.
• 피죤 담배 이름.

다 주면 남편이 시방 먹고 있는 그 어설픈 담배보다 몇 곱이나 맛이 있게 먹는 것을 보는 것이 퍽 재미가 있으리라고 생각했던 것이다. 그래서 남편이 얼른,

"응, 한 곽만 더……."

이렇게 대답할 줄 알았는데, 그러나 그는 아무 소리도 없이 영주의 얼굴만 그냥 보고 있다가,

"임자두 인제는 퍽 늙었구려!"

하고 딴소리를 퉁 내놓는다.

"딴전만 보구 있네! 누가 이렇게 늙혀 놓았는데? 지금 이 나이에……."

영주는 그만 신명이 풀려서 되레 암상˚이 나가지고 톡 쏘아버린다.

범수는 입때까지 아내의 지금 얼굴에 그전 얼굴을 상상해서 스크린의 이중노출처럼 보고 있었던 것이다.

전에 복성스럽던˚ 두 볼이며 해맑던 얼굴에 비해서 그대로 남아 있는 것은 쌍꺼풀진 큰 눈뿐이다.

그러나 콧잔등으로, 눈 아래로 기미가 까맣게 앉고, 눈초리에는 주름살이 잡히고, 볼은 홀쭉해져 앙상한 지금의 얼굴에는 어글어

˚ 암상 남을 미워하는 마음.
˚ 복성스럽다 생김새가 모난 데가 없이 둥그스름하고 도톰하여 복이 있을 듯하다.

글하니 시원한 그의 눈도 도리어 부자연스러웠다.

"스물일곱에 저만큼이면 겉늙기는 했어! 아이도 둘밖에 안 났으면서……."

범수는 그렇다고 그리 안타까워하는 것도 아니요, 그야말로 본대로 중얼거린 것이다.

그러나 그 말이 영주에게는 그냥 무심히 들리고 말 수는 없었다.

그도 거울을 볼 때면 자기가 나이보다는 훨씬 겉늙은 줄은 알고 있었다. 그러나 약간 남은 옛 윤곽에서, 또 아직도 고운 눈에서,

'그래도…….'

하는 위안을 가질 수가 있었다. 그러던 터에 막상 남편의 입에서라도 아주 늙었다는 말이 나오고 보매, 인제는 영영 늙었구나 싶어 심통이 버럭 상한 것이다.

그래서 번연히 죄도 없는 남편인 줄은 모르는 것도 아니나, 제 성미를 못 이겨 애꿎은 보풀떨이*를 하는 것이다.

"또 히스테리가 일어날 모양이군. 개 주어도 안 먹는 것……."

영주의 생각에는 오늘은 어쩐지 남편이 일부러 자기 속을 질러 주려고 하는 것만 같이 더욱 신경이 가스라워졌다*.

"10년…… 10년 당신한테 매어 사느라구 이렇게 된 줄은 몰라

· 보풀떨이 '보풀증'과 같은 말.
· 가스라워지다 가스러지다. 성질이 온순하지 못하고 좀 거칠어지다.

요?"

"매어 살았나? 같이 살았지."

"나를 살살 꼬인 건 누군데?"

"내한테 연애편지 답장한 건 누군데?"

"답장해 달랬으니까 했지."

"허허허허…… 계집은 귀애할° 동물이지 이해할 인간은 아니란 말이 옳은 말이야."

범수는 오랜만에 너털웃음을 쳤다. 그리고 나서 벌떡 일어나 양복을 주섬주섬 걷어입는다°.

넥타이도 변변한 게 있을 턱이 없고 모자는 소프트° 그냥이다. 구두는 뒤축이 바싹 닳고 코가 벗겨진 검정이다.

양복도 거기 잘 어울리게 때가 묻고 고기작고기작한° 포라°다.

"어데 가요?"

영주는 악살°을 풀지 못해서 내내 이렇게 기승을 피운다.

"바가지 긁는 꼴 보기 싫여. 나가서 죽어바릴란다."

범수는 빈들빈들 웃으면서 마룻전에 걸터앉아 구두를 신는다.

• 귀애하다 귀엽게 여겨 사랑하다.
• 걷어입다 옷을 되는대로 마구 입다.
• 소프트 소프트 모자. 중절모.
• 고기작고기작하다 이리저리 구겨지고 접힌 자국이 있다.
• 포라 포럴(poral). 천의 한 종류.
• 악살 앙탈.

"아이구! 제一발 좀 그래 주었으면……."

"그 대신 내가 죽었다구 시체 옆에 앉아서 울면, 벌떡 일어나 따 구를 붙일 테야."

"걱정을 말어요…… 춤을 출 테니."

"그래도 돈을 마련해 오면 입이 귀밑까지 째지렷다?"

"돈? 흥, 돈이 눈이 멀어서?"

"아이들 울어도 잘 달래지 때려주지는 말어. 나는 혹시 늦을지 모르니……."

"오백 년 안 들어와두 기둘리잖어."

영주의 마지막 발악을 덜미˙로 들으면서 범수는 대문 밖으로 나 섰다.

4

종로 네거리의 ××백화점 앞.

범수는 머리가 휘어지르르해서˙ 쓰러지겠는 것을 한 손으로 전 신주를 붙잡고 겨우 몸을 지탱했다.

˙ 덜미 몸과 아주 가까운 뒤쪽.
˙ 휘어지르르하다 휘청거릴 정도로 어지럽다.

굶었으면 그대로 드러누워 있지, 10리나 넘는 길을 오늘처럼 걸어 들어와 돌아다니지는 아니했었다. 그런지라 이렇게 쓰러질 뻔하기도 처음 당하는 일이다.

범수는 부질없이 이러고 나왔구나 싶어 후회가 났다.

그는 오늘이야말로 유달리 까슬거리는* 아내와 마주 붙어 앉아 옥신각신하기가 싫기도 했지만, 그러나 그의 심중에는 그 자신도 분명히 의식지 못하는 막연한 기대가 잠겨 있었다.

도서관의 무료열람실에 가서 궁금하던 신문도 뒤적거리고, 그리고 길로 훨훨 돌아다녀 울적한 기분도 (씻을 수 있다면) 씻어버리고 한다고 하고 나오기는 나온 것이다.

그러나 그것은 자기기만이다. 미상불* 그는 불란서에서 블룸을 수반으로 조직된 인민전선내각의 그 뒷소식(가운데도 파업단에 대한 태도 같은 것)은 10여 일이나 신문을 보지 못한지라 퍽 궁금하기도 했다.

그러나 그는 도화동에서 들어와 총독부 도서관 앞을 지나면서도 그리로 들어가려고 아니 했다. 몸이 대견한 탓이겠지만 마음이 내키지를 아니했던 것이다.

거리로 돌아다니며 울적한 기분을 발산시켜 버린다는 것도 실

* 까슬거리다 몹시 거칠고 버릇없이 굴다.
* 미상불 아닌 게 아니라 과연.

상 남의 꿈 이야기를 듣는 것 같은 것이다.

여러 끼를 굶어 뼈가 살에서 고스란히 쏟아져 버릴 듯이 피곤한 몸뚱이로 먼지와 더위에 숨이 질리는 아스팔트를 아무리 걸어 다녀봤자 푼더분한° 남의 생활만이 눈에 띄어, 더 우울은 할지언정 가슴이 시원스러울 리는 없는 것이다.

뇌수의 사치도 주리지 아니한 때의 말이다.

그러하니 그는 오던 발길을 냉큼 돌이켜 집으로나 갈 일이로되, 그러나 그는 마치 기사가 미리 방향을 틀어놓은 자동인형처럼 덮어놓고 종로까지 오고 만 것이다.

오고 나니 대낮에 활동사진을 보고 나온 때같이 온통 허여멀끔하고 싱겁기만 하다. 아무것도 변화도 생기지 아니하고, 그저 주린 자기 자신이 쓸데없이 번잡한 종로 네거리에 초라하니 놓여 있을 따름이다.

그는 밤이나 낮이나 늘 돈이—쌀도 사야 할, 집세도 주어야 할, 옷도 해 입어야 할, 두고 살림에 쓰라고 아내에게 줄 그리할 돈이 좀 생겼으면 하고 생각을 한다.

그렇게 돈이 아쉬워서 생겼으면 생겼으면 하다가, 나중에 가서는 어떻게 해야 생긴다든가 어떻게 마련해야 한다든가 하는 것은 성가시니까 접어놓고, 껑충 뛰어 돈이 생기면 쓸 궁리에 골몰을

° 푼더분하다 여유가 있고 넉넉하다.

58

한다.

　범수 자신더러 그의 가슴에 잠긴 막연한 기대가 무엇이냐고 물으면, 그는 서슴지 않고 정치적 변화라고 대답할 것이다.

　아닌 게 아니라 그것이 없는 것도 아니다. 그러나 그에게 더 절박한 것은 돈이 생겨질 것이라는 기대 그것이다. 그 자신은 그것을 부정할지언정 그것은 꼼짝할 수 없는 사실이다.

　그는 경성역 앞에 우두커니 서서 오늘 그 시간까지 차표를 판 돈이 꽤 되리라고 생각해 보았다.

　조선은행 앞을 지나면서는 어느 다른 은행의 행원인 듯싶은 매초롬한* 양복쟁이가 불룩한 손가방을 안고 인력거를 타는 것을 보고 몇만 원 찾아가나 보다고 생각했다.

　그는 한참이나 서서 그 인력거 뒤를 바라다보았다.

　종각 뒤 동일은행 앞에서는 문 앞 돌층계를 둘러보았다. 그러나 아무도 10원짜리를 흘리고 가지는 아니했다.

　종로 네거리를 가로질러 서북편 귀퉁이에 있는 금은상 앞으로 가노라고 가는데, "고랏(이놈아)." 소리가 들리며 삐그덕하더니 펜더*가 앞정강이를 지분거리며* 머물러 선다. 고개를 들어보니 운

---

* 매초롬하다 젊고 건강하여 아름다운 태가 있다.
* 펜더 자동차의 흙받기. 여기서는 '앞 범퍼'를 가리킴.
* 지분거리다 '짓궂은 말이나 행동 따위로 자꾸 남을 귀찮게 하다.'의 뜻인데, 여기서는 다른 뜻으로 쓰인 듯함.

전수가 눈을 부라리며 두덜거리고 교통 순사가 이리 오라고 손짓을 한다.

무렴해서* 슬슬 달아나고 싶은 것을 그리하지도 못하고 순사 옆으로 가니까, 꾸지람을 하다가는 세워놓고 교통정리를 하고 또 몇 마디 하다가는 제 볼일을 보곤 한다.

'기미' 어쩌고 하는 소리에 비위가 버럭 상했으나, 쏘다가는 더 창피하겠어서 짐짓 고개를 숙여버렸다.

한바탕 졸경*을 치르고도 그는 먼저에 바라고 가던 서북편 귀퉁이의 금은상 앞으로 가서 진열창을 들여다보았다.

그는 제법 지나는 길에 물건을 간색*이나 하는 것처럼 천연덕스럽게 들여다보기는 하나 가슴은 두근거렸다.

82원인가 하는 금비녀 한 개가 유독 눈에 들었다.

잡히면 50원은 줄 듯싶었다. 그러나 50원을 가지고 이것저것 쓸데를 생각하니 모자랐다.

값이 비슷한 놈으로 가락지를 하나만 더……. 이렇게 투정*을 하다가 문득, '기왕 도적질을 하는 바이면 그까짓 것 백 원?' 하고 돌아서 버렸다.

---

* 무렴하다 염치가 없음을 느껴 마음이 부끄럽고 거북하다.
* 졸경 몹시 시달리거나 고난을 겪음.
* 간색 물건의 질을 살펴보기 위하여 그 일부분을 봄.
* 투정 투기하는 마음을 먹음.

그는 비로소 도적질이라는 생각에 연달아, '내가 도적질을 하려고까지 하다니!' 하고 얼굴이 화릇 달아올랐다.

"엣! 치사스럽다." 이렇게 거의 입 밖으로 말이 흘러져 나올 만큼 중얼거리고 그곳을 떠나려다가, 지남철˚에 끌리는 쇠끝처럼 뒤를 돌아본다.

돌아다보는 눈에 다시 아까 그 금비녀와 금가락지가 어른거리자, 그는 그대로 금은상으로 들어섰다.

"어서옵쇼."

젊은 점원이 진열장 너머서 직업적으로 인사는 하나, 이 초라한 손님의 몸맵시를 여살펴˚ 본다.

"저—기 진열창에 있는 금비녀 좀 보여주시요."

범수는 떨리는 가슴을 겨우 누르고 말을 했다.

"네, 어는 겁쇼?"

하고 점원은 진열창의 유리문을 열면서 내어다본다.

"바로 고 82원 정가 붙은 놈…… 그리고 여러 가지로 좀…… 그리고 가락지도 여러 가지로……."

점원은 비녀를 여러 개 가로 꽂아놓은 곽과 가락지를 끼워놓은 곽을 집어다가 범수 앞에 내놓는다.

˚ 지남철 자석.
˚ 여살피다 눈여겨 살펴보다.

"이게 몇 돈쭝*이지요?"

범수는 아까 눈독 들인 금비녀를 빼어 손바닥에 놓고 촐싹거려 보며 묻는다.

점원이 그것을 받아 저울에 달고 있는 동안에 범수는 다른 놈을 두어 개 빼어가지고 가늠하는 듯이 양편 손바닥에 올려놓고 촐싹거려 본다.

이것이 기회인 것이다. 그는 그 기회를 이용하려고 다뿍* 긴장이 되어서 점원이 "닷 돈 두 푼쭝입니다." 하는 소리도 귀에 들어오지 아니했다.

점원이 저울질을 하는 잠깐 동안에 손 빠르게 한 개를 요술하듯이 소매 속에든지 어디든지 감추었어야 할 것을, 막상 다들리고 보니 범수에게는 그러한 재치도 없고 기술도 없으려니와 또한 담보*의 단련도 없다.

첫 시험은 실패를 하고, 그담에는 가락지를 가지고 시험을 해보았다.

그러나 역시 실패를 하고 말았다.

그는 점원의 멸시하는 시선을 뒤통수에 받으면서 금은상을 나와 화신 앞으로 건너왔다. 그는 혼자 속으로 생각했다.

• 돈쭝 무게의 단위. 귀금속이나 한약재 따위의 무게를 잴 때 쓴다.
• 다뿍 많이, 넘치게, 과하게.
• 담보 겁이 없고 용감한 마음보.

'보통학교부터 쳐서 대학까지 16년이나 공부를 한 것이 조그마한 금비녀 한 개 감쪽같이 숨기는 기술을 배우니만도 못하다'고.

그렇다면…… 그렇다면…… 하고 그는 그 뒤를 생각하다가 도스토옙스키의 《죄와 벌》의 라스콜리니코프가 도끼를 높이 들어 전당쟁이 노파를 내리찍는 장면을 생각하고 오싹 등허리가 추워 눈을 감았다.

그는 허우대가 이만이나 하고 명색이 대학까지 마쳐 소위 교양이 있다는 사람으로, 도적질을 하려고 한 자기를 나무라보았다.

그러나 그는 바로 자기 자신에게 항거를 한다.

도적질을 하는 것이 왜 나쁘냐고.

이 말에는 자기로서도 자기에게 대답할 말이 나오지 아니한다.

아—니, 도적질을 하는 것이 나쁘고 악하고 하다는 것보다도, 무엇보다도 더럽다. 치사스럽다.

이 해석이 마침 자기의 비위에 맞았다. 그래 그는 싱그레 혼자 웃었다. 그러면서 마침내, '뺏기지 않는 놈은 도적질할 권리도 없다'고 고개를 끄덕거렸다.

5

어느 결에 구름은 흩어져 서편 하늘가로 몰려가고 불볕이 쨍쨍 내

리쪼인다. 범수는 팔을 짚어 쓰러지려는 몸뚱이를 지탱했던 전신
주 옆을 떠났다.

새까만 거지 아이놈이 조그맣게 두 손을 내밀면서,

"나리, 나 동전 한 푼만……."

한다.

범수는 어이가 없어서 발을 멈추고 멀거니 거지 아이를 쳐다보
노라니까, 고놈이 마치 자기의 큰아들 종석이인 것같이 생각이 들
었다.

"너 어데 사니?"

이렇게 물으니까 거지 아이는 되레 뚜렷뚜렷한다˚.

"부모 없니?"

"없어요."

더 물어볼 말이 없다.

"돈 시방 없다. 이담에 주마."

"흥, 한 푼만 줍쇼."

거지 아이놈은 범수가 상냥하게 말을 하니까 어리광하듯 떼를
쓰고 달라붙는다.

"너 배고푸니?"

"네. 어제 아침두 못 먹었어요."

˚ 뚜렷뚜렷하다 눈을 굴리며 여기저기 살피다.

"거 배고푸겠구나."

"그러니깐 한 푼만 주세요. 여기 4전 있으니깐 호떡 하나 사 먹게요."

거지 아이는 딸랑하고 노랑돈* 너 푼을 손박*에서 채어 보인다.

범수는 '네가 나보담 낫다'고 하려다가 빙그레 웃고 말고,

"시방 한 푼도 없다."

하고 화신 정문으로 들어섰다.

마침 뒤에서 쑥 들어서는 사람이 담배 연기를 훅 내뿜는 서슬에 향긋한 담뱃내가 뼛속까지 스미는 것 같아 범수는 무심코 돌아보았다.

양복 입은 젊은 사람이 반도 못 탄 담배 토막을 내버리면서 들어서서 엘리베이터 앞으로 가고 있다.

담배는 경사진 시멘트 바닥에서 대그르르 굴러 길바닥에서 그대로 솔솔 타고 있다. 오고 가는 발들이 위태위태하게 그것을 밟으려고 한다.

얼핏 허리를 굽혀 집고 싶은 것을 겨우 참고 차마 그 옆을 떠나지 못하는데, 지게 진 품팔이꾼이 성큼 집어 그대로 입에다 물고 가버린다.

---

* 노랑돈 예전에 쓰던 노란 빛깔의 엽전.
* 손박 나무 바가지.

범수는 3층으로 향해 올라가면서도 속으로, 만나면 말을 넣을까 말까 하고 망설였다.

중학 때에 퍽 가까이 지내던 동창생 하나가 서울서 전문학교를 마치고 벌써 삼사 년 전부터 이 화신에서 일을 보고 있었던 것이다. S라고 하는 사람인데, 어떻게 되어서 그런지 무슨 주임이 되었다는 소식을 범수는 들었었다.

돈을 취해* 달라고 하자면 일부러 찾아온 것같이 해야 하겠는데, 그랬다가 눈치가 달라* 돈 말을 내지 못하게 되면 친한 사이라도 쑥스럽겠고, 그렇다고 문득 만난 것처럼 만나서는 아예 돈 말을 내려도 낼 수가 없을 것이고 해서, 범수는 S가 있는 데를 어름어름하다가 S의 눈에 띄고 말았다.

S의 첫 번 인사는, 왜 이렇게 신색*이 못되었느냐는 것이다.

굶어서 그렇다고는 못 하더라도, '그저 고생살이를 하느라니 그렇지.'라고쯤 대답했겠으나, 범수는 쓰게 웃으면서,

"신병* 때문에……."

했다.

그러니까 S는 더욱 캐어묻는 것이다.

---

* 취하다 남에게서 돈이나 물품 따위를 꾸거나 빌리다.
* 눈치가 다르다 태도나 하는 짓이 이상스럽다.
* 신색 상대편의 안색을 높여 이르는 말.
* 신병 몸에 생긴 병.

"무슨 병인데?"

"체증."

체증이라고 대답을 하고 보니 범수는 미상불 위장병(못 먹은 병)이 아닌 것은 아니라고 속으로 웃었다.

"그래 요새 지내는 형편……? 저─기 그만두구 아즉 아무데두……?"

S는 고개를 흔들어 묻는다.

"응, 그냥 번둥번둥 놀구 있지……."

"그럼 지내기두 곤란일걸! 어서 무얼 좀 붙들든지 해야지……."

범수가 웬만하면 S의 이 말끝을 받아서, 양식이 없어 그런다든지 무엇에 급히 쓸 일이 있어 그런다든지 하고 돈을 암만*만 돌려달라고* 말을 내놓았겠지만, 그는 그 반대로,

"머 그저 그럭저럭 살어가지."

하고 대수롭잖은 듯이 씻어 넘겨버린다. 그러고는 말줄이 끊기니까 되레 S더러,

"그래 자네는 요새 어떤가?"

하고 묻는다.

"나? 하이구 말도 말게…… 일은 고되구 얻어먹는 건 칙살스럽

• 암만 밝혀 말할 필요가 없는 값이나 수량을 대신하여 이르는 말.
• 돌려주다 돈이나 물건을 빌려주다.

67

게˚ 적구…… 어서 이 노릇 작파허구˚ 무엇이든지 내 영업으로 장사라두 시작해야지, 허천나˚ 죽겠네…… 월급이라구 받는다는 게 다달이 적자야…… 이삼십 원씩은 항용 밑져 들어가니 그 노릇을 누가 해먹나!"

이렇게까지 말이 나오매 범수로는 영영 돈 취해 달라는 말은 낼 수가 없고 만다.

나중 갈릴 때에 S는 범수더러 시방 그의 '생리 상태'를 알 길이 없는 지라,

"삼방˚ 같은 데라도 가서 몸조섭˚을 잘해야지, 그대로 두어서는 못쓴다."

하고 신신당부를 한다.

범수는 S를 작별하고 무엇에 빨리듯이 4층 식당으로 올라갔다.

4층 층계를 다 올라서면서 신형의 동그란 선풍기에서 나오는 바람에 더위를 들이느라고˚ 섰노라니까, 등 뒤에서 누가 어깨를 턱 짚으며 서슴잖는 큰 소리로,

"긴상 웬일이슈?"

• 게 칙살스럽다 작고 더럽다.
• 작파하다 어떤 계획이나 일을 중도에서 그만두어 버리다.
• 허천나다 몹시 굶주리거나 궁하다.
• 삼방 함경북도 안변군에 있던 명승지. 약수와 온천 등으로 유명하다.
• 몸조섭 허약해진 몸의 기력을 회복하도록 보살피는 일.
• 들이다 식히거나 그치게 하다.

하고 옆으로 다가선다.

범수는 깜짝 놀랄 뻔하다가 돌아다보고 그가 P인 것을 알았다.

전에 서울서 중학 때도 알았지만, 동경서 대학을 1년간 같이 다녔고 술동무로 친해진 사람이다.

범수가 동경서 나오니까 P는 대학을 1년 만에 졸업하고 먼저 나와 종로 판의 행세꾼*이 되어 있었다.

긴상이니 박상이니 하는 말투를 보면 장사패가 된 것 같으나, 그는 장사를 하는 것 같지도 아니했다. 그는 장사를 할 사람도 아니요, 또 할 줄도 모르는 귀골* 서방님이다.

남북촌 백화점의 식당과 찻집과 빌리어드집*과 빠와 요릿집의 다섯 개 각(角)의 선(線) 위로 뱅뱅 도는 종로 한량 가운데 한 사람이다.

범수도 언제든지 종로에 오면 한 번 이상은 기어코 이 P와 그 일행을 만나곤 했던 것이다.

"아! 나는 누구라구!"

범수는 언제 보나 근심기 없고 명랑해 보이는 P의 기분에 끌려 같이 웃으며 인사를 했다.

---

* 행세꾼 세상 돌아가는 형편이나 유행에 맞추어 가면서 보란듯이 행동하거나 처신하기를 잘하는 사람.
* 귀골 귀하게 자란 사람.
* 빌리어드집 당구장.

"그래 얼마나 더우시요?"

"나야 머, 이렇게 야윈 사람이 더위를 타우? P씨야말로 얼마나 부대끼시요?"

어디다 내놓아도 늠름하니 호장부*로 생긴 P를, 그리고 좋은 체격과 풍족한 생활에서 오는 근심기 없이 언제나 유쾌해 보이는 그의 언동을 절절히 부러워하며 범수는 윤기 있는 그의 얼굴을 다시금 바라보았다.

"아 참, 그러니 말이지. 참 더워 죽겠수. 발개벗구 다니랬으면 좋겠어! 하하하하."

P는 근처가 요란하게 큰 소리로 웃는다.

"그런데 무슨 볼일 계시유, 긴상? 가서 점심이나 자십시다."

이 말에 범수는 어금니로 신침이 스미고 와락 시장기가 들었다. 그러나 그러는 것이 괜히 천적스러운* 것 같아 얼핏 나서지를 못한다.

"멋, 나는 괜찮으니 어서 가서 자시요."

"아니야. 같이 가서 자십시다. 볼일 계시유?"

"응 아니, 머 볼일은 없지만…… 나는 조반을 늦게 먹어서……."

"원 참, 이게 어느 때라구! 네 시 반인데! 자 갑시다."

---

* 호장부 범처럼 용맹스럽고 혈기 왕성한 남자.
* 천적스럽다 천덕스럽다. 품격이 낮고 천한 느낌이 있다.

P는 범수의 팔을 잡아끈다. 진열창을 들여다보다가 조선 런친지 하는 것을 먹기로 하고 P가 레지* 앞에 가서 식권을 사는데, 바른편 포켓에 손을 푹 집어넣었다가 아무렇게나 꺼내는 것이 커―다란 100원짜리가 두어 장, 10원짜리가 여러 장이다. 그 밖에도 더 많이 들어 있는 모양이다.

"가부*를 좀 했지요."

P는 10원짜리 하나를 내놓고 식권을 사면서 범수를 돌아다보고 웃는다.

"심심해서 장난삼아 해봤지요. 하하. 그랬더니 오늘 300원 도망갔어. 하하하하……. 그래두 재미는 있어!"

너무 크게 웃고 크게 지껄이니까 드나드는 사람이 저마다 P를 한 번씩 돌아다보고 간다.

하루에 100원을 써도, 200원을 써도, 장난삼아 주식을 해서 300원이 도망갔어도 돈은 아깝지 아니하고 재미만 있다는 이 P를 바라볼 때에, 범수는 그냥 몸부림을 치고 싶게 안타까웠다.

식당으로 들어가 잠깐 앉더니 P는 양복저고리를 벗어 걸상 위에 놓아두고 변소에 간다고 도로 나갔다.

마침 바른편 돈 들어 있는 포켓이 위로 가서 있다.

* 레지 여급. 카페나 다방, 음식점 따위에서 손님의 시중을 드는 여자.
* 가부 '주식'을 뜻하는 일본어.

범수는 침을 꼴깍 삼키며 그 속에 돈이 시글시글할* 그 포켓을 바라다보았다. 아까 금은상점에서처럼 가슴이 두근거리고 얼굴이 확확 달아오른다.

그는 진득이 가슴을 가라앉혀 가지고 좌우 옆을 둘러보았다.

전체로 손님이 드물고, 범수네가 자리를 잡은 식탁 근처에는 아무도 앉지 아니했다.

고개를 들고 보아도 누구 하나 범수를 보는 사람은 없다.

기회는 절대로 좋다.

100원짜리는 없어지면 바로 자리가 날 테니 못쓴다지만, 10원짜리 한두 장은 없어진대도 함부로 넣기 때문에 어디 가 빠진 줄 그저 심상히* 여기고 말 것이다.

이렇게 마음의 계획을 세우고 범수는 걸상을 다가놓는* 체하면서 살며시 손을 뻗쳐보았다.

그러나 바르르 떨리는 손은, 조금 나오다가는 무엇에 꽉 비끄러맨 듯이 더 뻗쳐지지를 아니했다.

그러면서 '도적놈의 권리'가 머릿속에 떠오른다.

단행을 아니 한 것이 섭섭도 하니, 어쩐지 가슴이 홀가분해서 걸상을 도로 물려놓고 앉았노라니까 P가 터덜거리고 돌아와 앉으며,

---

* 시글시글하다 물건이 사방에 깔려 있을 정도로 많다.
* 심상히 대수롭지 않고 예사롭게.
* 다가다 다그다. 물건 따위를 어떤 방향으로 가까이 옮기다.

"아 참, 긴상! 어데 편찮으슈? 신색이 아주 못됐어!"

하고 속도 모르고 걱정을 해준다. P가 돌아와서 자리에 앉고 그리하여 기회가 가고 없으며, 범수는 '도적질도 할 수 없는 인종'이라고 속으로 자기를 저주했다.

6

범수는 본시 술을 못 먹는 편이 아니나 담뿍 시장했던 판에 날맥주를 한 조끼˚나 들이켜 그 위에다가 더운밥을 먹어놓아서, 술에 취하고 밥에 취하고 했다.

더구나 시장한 판에 정신없이 퍼먹은 밥이 술에 뒤섞여 배가 불러오매, 그것은 배부른 안심이나 만족을 주지 아니하고 도리어 배고픈 때보다 더한 고통을 주었다.

이런 경험이 범수는 한두 번이 아니다. 그러나 그러한 고통이 영락없이 있을 줄을 미리 알기는 알면서 다들리는 판에, 먹지 아니하지는 못하는 것이다.

그래 그대로 그 자리에 쓰러져 잠이라도 자고 싶게 몸이 사개˚

• 조끼 손잡이가 달린 커다란 컵. 주로 맥주를 담아 마신다.
• 사개 상자 따위의 모퉁이를 끼워 맞추기 위해 서로 맞물리는 끝을 들쭉날쭉하게 파낸 짜임새. 이것이 헐거워져 풀리면 제대로 서 있지 못한다.

가 풀린 것을 억지로 끌려 화신을 나서니까, 얼큰해진 P는 또다시 빠로 가자고 우겨댄다. 이번이 처음이 아니요, 세 번 만나면 두 번씩은 으레 술집으로 끌려가서 이 돈냥이나 있는 놀이꾼의 술을 얻어먹어 오던 터이다. 그럴 때마다 병정°이라는 치사한 생각이 들어 범수는 앞뒤가 여살펴졌는데, 차차 이러다가는 영영 P의 병정이라는 호를 타고 말겠구나 하기는 하면서, 그러나 그것을 뿌리치지 못하고 슬며시 따라섰다.

그것이 실상, 속은 아무렇게라도 술이나 취하고 엄벙덤벙해서 우울한 것을 잊어버리자는 것이나, 그는 그러한 자기의 실속을 속이어,

'P가 굳이 잡아끄니까.'

'P가 적어도 나만은 병정으로 알고 그러는 것이 아니요, 일종의 존경하는 뜻으로 그리하는 것이니까.'

이렇게 옹색스러운 위안을 만들어내었다.

'뻐커스'라는 이 빠는 요새 새로 생기기도 했지만, 범수는 처음이다. 그러나 종로 뒷골목에 흔히 있는 다른 빠와 역시 다를 것이 없는 곳이다.

그다지 교태도 없는 빠텐더가 있고, 값 헐한 도배지를 희미한

• 병정 돈 있는 사람을 따라다니며 잔시중을 들고 공술을 얻어먹는 사람을 비유적으로 이르는 말.

전등으로 윤내고, 군색한° 걸상이 있고, 혈색 좋지 못한 여자들이 제가끔 여왕인 체하고 있고…….

"이 때갈년°들 다 어데 가고 두 마리뿐이냐."

P는 들어서면서 첫 인사가 이것이다. 멀건 대낮에 손님이 있을 턱이 없다. 차를 마시는 한 패가 구석 자리에서 여자 둘을 다 차지 하고 있을 뿐이다.

"저 악한이 또 어데서 대낮에 얼어가지구° 저래!"

맨다리에, 원피스에, 싱글에, 얼굴 갸름한 여자가 말과는 반대 로 해죽해죽 웃으며 P에게 달라붙듯이 어깨를 비빈다.

"더웁다 이년아, 비켜라."

"내 이름이 이년인가! 깍쟁이……."

먼저 여자는 짐짓 샐룩해서 저편으로 가고, 거기 있던 조선옷 입은 얼굴 둥글고 계집애같이 생긴 여자가 갈아든다.

"P상, 어쩌면 그렇게 한 번도 안 오슈?"

"느이 보기 싫어서 안 왔다…… 자 거기 앉어라. 너, 이 어른 첨 뵙지?"

"글쎄……."

· 군색하다 자연스럽지 않고 어색하다.
· 때갈년 여자를 낮잡아 욕으로 하는 말. '때가다'는 '죄지은 사람이 잡혀가다'의 뜻을 속되 게 이르는 말.
· 얼다 술에 취하여 혀가 굳어지다.

"너 시집가구 싶으면, 내 소개해 주랴? 참 훌륭하신 어른이다."

"아이구! 그러면 나 같은 것이 어떻게······."

"이 때갈년들아, 저런 어른허구 연애만 해봐라, 대번 코가 우뚝해지지."

범수는 듣다 못해서,

"원 실없는 소리!"

하고 웃어버렸다.

열모로 뜯어보아야° 지금 자기의 몸차림새며 몸태가 여자에게 좋은 인상을 주지는 못하게 생겼는데, P가 자꾸만 그러는 것이 호의로 해석하자면 계집을 조롱하는 것이라겠지만, 어떻게 보면 범수를 놀리는 것도 같아 자격지심이 들기도 했다.

그래 간단하게 차나 마시고 일어서자고 하고도 싶었으나, 벌써 청한 맥주가 들어오고 여자 하나도 마저 이편 자리로 와서 시중을 든다.

자리가 그렇게 벌어진다고 범수가 먼저라도 일어서자면 못할 것은 아니다.

그러나 그렇게 할 용단°까지는 나지 아니하고, 모처럼 낭한 이 유흥이 또한 자력°을 부리어 그대로 주저앉아 있는 것이다.

• 열모로 뜯어보다 여러모로 구석구석을 모두 살펴보다.
• 용단 용기 있는 결단.
• 자력 자석과 전류가 서로 끌어당기거나 밀어냄으로써 서로에게 미치는 힘.

술이 양에 넘치게 지나갔을 때에도 범수는 몸만 피곤했지 취하지는 아니했다. 도리어 정신이 더 드는 것 같아 도연한° 가운데 다시금 자신을 돌아다볼 수 있게 되었다.

그는 돈푼이나 쓰는 친구에게 이렇게 병정을 서듯이 끌려다니며 술을 얻어먹는 것을, 아까 금은상점 앞에서나 또 화신식당에서나 도적질을 하려던 자기보다 더 비루하고 치사스럽게 생각했다.

그것은 대부분이 술기운에서 생긴 객기요, 또 그 자리의 놀이가 웬만큼 싫증난 소치°다.

P가 더 놀다가 친구나 몇 청해가지고 시외 어느 요릿집으로 나가서 밤새껏 한바탕 놀자고 굳이 붙드는 것을, 범수는 내내 볼일이 있다는 핑계를 하고 뻐커스를 나와 그 문 앞에서 P를 작별했다.

벌써 일곱 시가 지나고 긴 여름 해도 적이 기울었다.

취하고 지친 몸으로 10리 길을 걸어 나갈 일이 아득하여, 범수는 몇 번이나 저편으로 가는 P를 돌아다보았다.

그러나 차마 그를 도로 불러 돈 말을 내지 못했다.

범수는 할 수 없이 남대문 편으로 향하여 찌는 햇볕을 쬐며 타박타박 굳은 시멘트길을 걸어간다.

이 더위를 겪으면서 그는 겨울에 추워 고생하던 일을 생각해 보

· 도연하다 술에 얼큰하게 취하다.
· 소치 어떤 까닭으로 생긴 일.

77

았다.

　그러자 마침 머리 위에서 하늘이 찢어질 듯이 프로펠러 소리가 쏟아지며 군용비행기 세 대가 소리와는 딴판으로 유유히 북쪽으로 떠가고 있다.

　"체― 비행기를 만들어내는 연구, 비행기를 제작하는 노력이면 여름의 태양열을 저장했다가 겨울에 쓸 수가 없을까⋯⋯. 어느 편이 과학을 옳게 이용하는 편일꼬?"

　범수는 이렇게 두덜거리며 다시 한번 비행기를 올려다보고 혀를 찬다.

　청파에서 그는 문득 생각이 나 N이라고 하는 자동차 서비스에 들렀다.

　그는 역시 청파에서 철공장*을 경영하고 있는 친구의 소개로 이 N서비스 공장의 주임 격인 최씨와 만나 그의 큰아이 종석이를 두어달라고 부탁한 적이 있었다.

　범수의 욕심 같아서는 방면이야 무엇이 되었든 좀 더 규모가 크고 경영도 합리화한 대공장으로 보내고 싶었으나, 그런 곳에는 반연*을 얻지 못했던 것이다.

　월급이나 일급 같은 것을 바라는 것이 아니니, 그저 한 10년 데

・ 철공장　쇠로 갖가지 기구를 만드는 공장.
・ 반연　무엇에 이르기 위해 연줄로 삼음. 또는 그 연줄.

리고 있어 한 사람 몫을 할 수 있는 직공만 만들어달라고 그는 최씨더러 부탁을 했었다.

최씨는 그것은 장차 일이고 좌우간 주인과 상의해 보아서 가타고 하면 기별하겠다고 신어붓잖게는˚ 대답했으나, 벌써 한 달이 넘은지라 좌우간 어찌 되었나 싶어 들러본 것이다.

최씨는 기름 묻은 작업복을 입고 공장에서 손수 일을 매만지고 있다가 범수를 보자 처음 만날 때와는 딴판으로 은근히 인사를 하며 사무실로 안내를 한다.

그러면서 그들을 소개한 철공소의 그 친구와 만나 '김 선생님'에 대한 이야기며 더욱이 '자제'를 공장으로 보내려는 포부도 듣고, 그 심경을 잘 이해하노라고 일종 존경하는 태도로 범수를 대해주었다.

범수도 그것이 싫지는 아니했다. 그런지라 점잖게 대할 이 사람을 이렇게 취기를 띠고 찾아 나온 것이 면구스러웠다˚.

"진즉 제가 가서 기별을 해드릴렀는데, 이렇게 찾어오시게 해서……."

최씨는 급사˚가 가져온 차를 범수에게 권하며 이렇게 요건을 꺼

---

* 신어붓잖다 채만식 소설에 종종 등장하는 말로, 그가 만들어 쓴 것으로 추정. 여기서는 '대수롭지 않다' 정도의 뜻인 듯함.
* 면구스럽다 낯을 들고 대하기에 부끄러운 데가 있다.
* 급사 잔심부름을 시키기 위해 부리는 사람.

낸다. 범수는 일이 뜻대로 되었구나 짐작하고 흡족해서,

"머 천만에…… 저야 번들번들 놀고 있으니까 얼마든지 찾어와도……."

하고 겸사[•]를 한다.

"그 뒤 조용한 틈이 있길래 주인더러 이야기를 했지요. 친한 친구의 자젠데 무슨 생활이 궁해서 그런 것이 아니요 남다른 포부가 있기 때문에 학교 교육보다는 공장에서 기술을 배우게 할랴구 그런다구. 그랬더니 주인도 어린아이 하나쯤 더 둔다고 별일이야 없을 테니 맘대로 허라구 승낙을 허드군요."

"네, 참 감사합니다. 애써주어서……."

"원 천만에……. 그러면 아주 제게 맡기십시요. 10년 위한하고[•] 그저 다른 것은 몰라도 자동차에 관해서는 누구 부럽잖을 기술자를 만들어드릴 테니까."

"그럼 그렇게 수고를 해주시면……."

"그러고 처음 한두 달은 그냥 공장 안에서 심부림을 시키다가 그 뒤는 견습 직공으로 해가지고 다른 아이들 주는 대로 제 점심값이라도 주게 하겠습니다."

이것은 범수로도 애초부터 바라지도 아니하던 것이라 더욱 고마웠다.

• 겸사 겸손의 말.
• 위한하다 기한이나 한도를 정하다.

그래 진심으로 치하를 한 후 내일 일찍이 아이를 데리고 오겠다고 하고 자리를 일어섰다.

"그렇지만 나는 김 선생의 방침에 한 가지 찬성 못 할 것이 있는데요."

최씨가 작별차로 따라 일어서며 하는 말이다.

"그러시까요? 왜요?"

"머릿속에다가 학문만 처쟁여도 병신이지만, 그 반대로 머리는 텅 빈 데다가 기술만 익혀 손끝 놀리는 재주만 지닌 것도 마찬가지로 병신이 아닙니까?"

"그야 물론 그렇지요."

"그런데?"

"그러니까 적어도 초등 정도로부터 중등 정도까지의 상식은 제가 집에서 가르칠 생각입니다. 그걸 못 하면 야학이라도 보내고요."

최씨는 비로소 알겠다는 듯이 고개를 끄덕거리며 다시 한번 악수를 청한다.

"그러시다면 잘 알겠습니다. 저도 그걸 유념해서 다른 아이들보다는 정신 들여 보아드리고 되도록이면 시간 여유도 많이 갖도록 해드리겠습니다. 또 그리고 김 선생이 손수 그렇게 상식 정도껏을 가르쳐주신다면 저도 그 토대에다가 전문 방면의 지식도 가르쳐서 머리와 손끝이 다 같이 능란하도록 해드리겠습니다."

최씨는 퍽 유쾌해하며 멀리까지 따라 나와 작별을 한다.

"나는 과학의 승리를 절대로 믿는 사람이니까 그 방면의 일꾼이라면 직접이든 간접이든 웬만한 희생이 있더래도 양성해 내고 싶으니까요……. 나는 인류가 ×××××××××× ××°하기 전에 과학이 그것을 해결해 줄 줄 믿고 있습니다."

최씨의 이 말에 범수는 다시 한번 그를 쳐다보았다.

범수가 지칭하는 '××의 중개자'만은 아니요, 상당히 머리를 써서 세상일을 관찰해 보려는 한 특수한 사람으로서의 최씨를 본 때문이다.

"혹 그럴는지도 모르지요."

그렇다고 와락 속을 줄 수도 없는지라, 이렇게쯤 대꾸를 하고 그담 말이 무엇인지 들어보려는 것이다.

"혹 그럴는지 모를 게 아니라 나는 아주 확신을 가지는데요."

"어떻게?"

"과학이 지금보다 훨씬 더 발달되어서, 가령 공기 중의 질소를 잡어다가 인공 식량을 무제한으로 만들어낼 수가 있다면…… 아마 식량 문제가 그렇게 해결된다면 싸움은 없어질 것이 아니겠습니까?"

"그렇게 된다더래도 그날까지는 싸울 것이고, 또 그렇게 된 뒤에도 달리 싸움은 있겠지요. 투쟁이 영영 없어진다면 인류에게는

•   ×로 표시된 부분은 일제의 검열을 피하기 위함이거나 일제 검열의 결과로 볼 수 있다.

로마의 말년이 오고 말 겝니다."

최씨는 범수의 이 말을 알아듣지 못해서 그런지, 또는 알아는
듣고도 찬동할 수가 없어서 그런지 혼자 고개를 갸웃거리다가 웃
어버린다.

7

범수는 무거운 짐 하나를 벗어놓은 듯이 가슴이 홀가분해서 집을
향했다.

그러나 한 발 두 발 집에 가까워가며 명일보다는 오늘의 양식이
아득해서 도로 침울해졌다.

언덕 비탈을 올라가노라니까 서편을 등진 일본 집들이 시원하
게 문에다 발을 쳐놓았고, 문 앞에는 날아갈 듯이 유까다°를 걸치
고 아이 데린 일본 아낙네들이 저녁 후에 이쑤시개를 문 채 집집
이 나와서 서 있다.

초조 없이 안정된 생활에서 오는 침착과 단란을 족히 엿볼 수가
있는 한 폭의 그림이다.

그와 반대로 자기의 집구석은 시방 어떠할꼬 생각하매, 마음은

• 유까다 목욕을 한 뒤 또는 여름철에 입는 무명 홑옷.

83

급하면서 그러나 걸음은 내키지를 아니했다.

겨우 언덕바지를 넘어 다시 비탈을 내려가노라니 왼손 쪽 자기 집에서 아내의 높은 목소리가 들려왔다.

8

낮에 범수가 나가고 나서…….

영주는 줄에 넌 빨래를 만져보아 뿌득뿌득 말랐으면 그만 걷어다가 다듬질이나 할까 하고 마당으로 내려서는데, 나가 놀던 작은 아이 종태가 들어왔다.

손가락을 입에 물고 비슬비슬 걸어 들어오면서 볼먹은˚ 소리로,

"음마."

하는 것이 벌써 이짐˚을 부릴 눈치다.

"오—냐."

영주는 입으로만 대답을 하고 빨래를 주섬주섬 걷노라니까, 아이는 옆으로 와서 아랫도리를 안고 매달리며,

"음—마."

• 볼먹다 말소리나 표정에 성난 기색이 있다.
• 이짐 고집이나 떼.

하고 또 부른다.

결혼하던 해 봄에 큰아이 종석이를 낳아서 지금 열 살(임신은 그 전해 연애 시절에 되었었다), 그다음 세 살 터울*로 작은아이 종태를 낳고는 이내 포태*를 못 했다.

작은아이를 해산할 때에 자궁후굴*이 생긴 것을 치료도 아니 하고 그대로 둔 것이 지금 와서는 포태도 포태려니와 중증의 히스테리를 앓게 한 것이다.

영주는 아이가, 작은아이도 작은아이려니와 큰아이 종석이는 남편 범수를 닮았고 작은아이는 자기를 닮았기 때문에 큰아이보다는 작은아이를 더 귀여워하고, 그것이 어느 때는 남편이나 남의 눈에 띌 만큼 치우치기까지 했었다. 여자의 편성*이라고도 하겠으나 거기에는 그의 히스테리증이 다분히 시키는 점이 많았다.

영주는 아이를 마루로 데리고 와서 땀이 까만 꼬장물 되어 흐르는 얼굴과 목을 씻어주며 달랜다.

"종태야."

"응?"

• 터울 한 어머니로부터 먼저 태어난 아이와 그다음 태어난 아이의 나이 차이.
• 포태 '임신'과 같은 말. 아이를 뱀.
• 자궁후굴 자궁의 위치가 정상적이지 않고 뒤쪽으로 굽어진 것.
• 편성 한쪽으로 치우친 성질.

"배고프지?"

"응, 배고파 엄마."

아이는 전에 더러 끼를 굶고는 배고프다고 떼를 쓰다가 지천°도 먹고 심하면 매도 맞고 해서 이제는 눈치가 올라, 이짐은 부려도 제 입으로 먼저 배가 고프다고 밥을 달라고는 아니 한다.

"배고파? 오—냐, 인제 아버지 돈 가져오시거든 쌀 팔어다가 응…… 고기두 사구 해서 밥 많—이 해주께. 응…… 배고프다구 울구 그러지 마라 종태야."

"응."

아이는 대답만 하지, 그래도 이짐은 풀리지 아니한다.

"에, 우리 종태 착허지…… 그러구 언니°는 어데 갔나?"

"저—기 가게 앞에……."

"혼자?"

"아니, 아이들허구……."

"응, 그럼 어머니 다듬이 헐 테니까 가서 언니허구 같이 놀아라. 멀리 가지 말구 종태야."

이렇게 살살 어르기는 하나, 남편이 무슨 수로 다만 저녁 양식 거리라도 구해가지고 돌아올까 싶지 아니해서 한심했다.

• 지천 지청구. 꾸중.
• 언니 동성의 손위 형제를 이르는 말. 주로 여자 형제 사이에서 많이 쓴다.

한편, 속으로야 취직이 되었다든지 혹은 돈을 변통했다든지 해서 기쁜 낯으로 돌아왔으면 좋겠거니 하기는 한다. 더구나 아까 다투다가 나가면서,

"돈을 마련해 가지고 오면 입이 귀밑까지 째지렷다."

라고 한 말은 어쩐지 무슨 도리가 있을 법해서 한 소리같이 느긋이 기대가 되기도 했다.

그러나 한편으로는 남편이 돈이나 변통하려고 시장한 것을 참아가며 더운데 허덕허덕 돌아다닐 것을 생각하니, 그러면서라도 마음먹은 대로 돈이나 구처되었으면* 신이 나서 돌아오려니와 모두 허탕만 치고 말면 얼마나 더 시장하며 낙심이 되랴 싶어, 차라리 나가지 못하게 하느니만 못했다고 뉘우치는 생각이 들기도 했다.

종태가 막 도로 나가려고 하니까 큰아이 종석이가 시근버근* 뛰어들다가 안으로 들어오지는 아니하고 대문간에서 갸웃이 들여다보더니,

"종태야! 종태야!"

하고 긴하게 불러낸다.

큰아이마저 배가 고파하고 시무룩했으면 그렇지 아니했으련만, 그놈은 기운차게 뛰어다니고 하는 것을 보니 영주는 괜히 심정*이

---

* 구처하다 변통하여 처리하다.
* 시근버근 몸집이 큰 사람이 숨이 차서 숨소리를 거칠게 내는 모양.
* 심정 좋지 않은 마음.

나서,

"종석아!"

하고 꽥 소리를 질렀다.

그러나 이어 뉘우치고, 무슨 꾸지람이나 들을까 지레 겁이 나서 살금살금 들어서는 종석이를 보고 목소리 부드럽게 타이른다.

"너는 배두 안 고프냐? 그렇게 사뭇 뛰어다니게……"

종석이는 무렴했던지 고개를 숙이고 아무 대답도 아니 한다.

"종태는 왜 그래?"

"같이 놀려구……"

"울리지 말구 잘 데리구 놀아."

"네."

"멀리 가지 말구……"

"네."

아우형제가 나란히 서서 나가는 것을 보니, 저것들이 배가 고프다 못해 집이라고 찾아들어 왔다가 도로 나가느니라 생각하니, 영주는 새삼스러운 일이 아니나 눈갓*이 싸―하고 눈물이 돌았다.

그래 대문 기둥에 우두커니 기대서서 먼 산을 바라보며 어떻게 좁쌀 되라도 마련할 도리가 없을까, 늘 바느질을 가져오는 집에

---

* 눈갓 눈자위. 눈 언저리.

가서 바느질삯이라도 미리 좀 선대해˚ 달라고 혀 짧은 소리를 해 볼까 말까 망설이고 있는데, 가난한 사람에게도 더러는 행운이라는 것이 천신˚ 돌아오는 수가 있는 것인지 마침감˚으로 바느질거리가 들어왔다.

늘 바느질을 가져오는 아랫동리 싸전집의 젊은 아낙이 눈에 익은 알록달록한 보자기를 옆에 끼고 해죽이 웃으며 가까이 오는 것을 볼 때, 영주는 꿈인가 싶게 기뻤다.

그는 그래 자기도 모르게 한숨을 깊이 내쉬고 살뜰한 손님을 웃는 낯으로 맞이했다.

"어서 오세요. 얼마나 더우세요?"

"아이, 안녕허십시요? 참 비두 아니 오시구 웬 더웁니까······ 첨 보겠어요."

"그러게 말이에요! 댁에는 애기랑 잘 놀아요?"

"네······ 요새는 재주가 늘어서 따루따루˚를 헌다구······ 호호호호."

"아이 어쩌면!"

콧등과 눈갓으로 주근깨가 다닥다닥 나고, 뒤집히는 웃입술 밑

˚ 선대하다 나중에 치르기로 한 돈의 일부나 전부를 치르기로 한 기일 이전에 꾸어 주다.
˚ 천신 처음으로 또는 오랜만에 차례가 돌아와 얻을 수 있게 됨.
˚ 마침감 어떤 경우에 꼭 알맞은 일.
˚ 따루따루 따로따로. 어린아이가 따로 서는 법을 익힐 때, 어른이 붙들었던 손을 떼면서 내는 소리 또는 그런 행동.

으로 시뻘건 잇몸과 누—렇게 들이박은 금니가 내다보이고 하
는, 말하자면 추물*이로되, 또 어디서 어떻게 굴러먹었는지 근지*
도 모르나, 늦게 상처한 싸전집 영감의 막지기*로 들어와 없던 아
들까지 낳아주어 호강이 발꿈치까지 흐르는 이 '싸전댁'에 대해서
영주는 꺼림칙한 생각을 억지로 접어놓고 행여 빛 다른 눈치를 보
일세라 끔찍 조심해서 대하는 것이다.

"그래 영감이 하루에두 열 번, 스무 번은 안에를 더 드나드신답
니다."

싸전댁은 자기 집같이 마루로 올라앉아 손수건에 싼 피존을 풀
어놓고 피워 물고는 영주가 맞장구를 쳐주는 데 신이 나서 자랑을
쏟아놓는다.

항용 안잠자기*나 심부름을 하는 아이를 시켜 바느질을 보내기
도 하지만, 심심이나 하고 하면 말동무를 찾아 자기가 이렇게 손
수 가지고 와서는 놀 겸 다녀가곤 했었다.

훨씬 자기 집안 자랑을 늘어놓고 말머리가 막히자 이번에는,

"그래, 댁의 애기들두 잘……."

하고 새삼스럽게 인사를 차린다.

---

* 추물 거칠고 못생긴 사람.
* 근지 자라온 환경과 경력.
* 막지기 가지기. 정식 혼인을 하지 않고 다른 남자와 사는 과부나 이혼녀.
* 안잠자기 남의 집에서 먹고 자며 그 집의 일을 도와주는 여자.

영주는 그렇다고 믿기는 하나 혹시 저 보자기 속에 들어 있는 것이 바느질감이나 아니면 어찌하나 싶어 어서 펴놓고 속 시원하게 이리이리해 달라는 말이 나오기만 기다리는데, 자꾸만 딴 수작이 벌어지니* 여간만 속이 타지 아니한다.

"네, 그저 놓아멕이는* 말새끼처럼……."

"바깥어른께서는 아즉두 노시구?"

"네, 아즉."

"거참 걱정되시겠습니다. 어서 생화*를 허셔야지."

"그러게 말이에요. 허구한 날 참 못 해 먹겠어요."

"그러다 뿐이겠어요…… 것두 다 팔자소관이지요. 아, 허기야 오죽 훌륭허십니까! 밖에서는 대학교를 졸입허시구, 또 안에서는 고등학교를 졸업하시고…… 그러구두 저 고생이시니!"

"시방 세상에야 공부한 게 무슨 소용이 못 되더라구요!"

영주는 남편이 그런 말을 하면 왜 공부한 게 잘못이냐고 핀잔을 주지만, 실상 자기도 그런 말을 곧잘 하는 것이다.

"거참, 그런가 봐요. 인제는 공부를 투철히 해두 소용이 없나 봐요. 세상이 말세가 돼서 그런지……."

싸전댁은 말세라는 말끝에 문득 생각이 나서 이어,

* 벌어지다 이어지다.
* 놓아먹이다 가축 따위를 우리에 가두지 않고 한데에 내놓아 먹이다.
* 생화 먹고 살아가는 데 도움이 되는 벌이나 직업.

"아이참, 금년이 병자년이라구 난리가 난대지요?"

하고 아까 문간방 색시만큼이나 긴하게 말을 한다.

"글쎄, 다들 그럽디다만…… 무슨 병자년이라구 난리가 나란 법이 있을라구요?"

"웬걸요. 꼭 난리가 난대요. 그래서 이 백금값두……."

하고 손에 낀 굵다란 백금가락지를 뻗혀 보인다.

"퍽 올랐다는데요."

그의 손에는 가운뎃손가락에 백금가락지가 한 켤레 끼어 있고 또 무명지*에는 새빨간 루비를 박은 금반지도 끼어 있다.

영주는 백금 같은 것은 패물로 가져본 적이 없는지라, 푸르죽죽하고 수퉁스런* 백금가락지는 신통치 아니하나, 루비 박은 금반지는 벌써 몇 해 전에 전당국*에서 떠내려간 자기 반지 비슷해서 유달리 쳐다보인다.

싸전댁은 그러나 백금반지를 설명을 해서 영주를 비로소 놀라게 한다.

"이 가락지가 글쎄 일곱 돈쭝에 백금값이 84원, 공전* 20원 해서 140원이 먹은 건데, 아 시방은 백금 한 돈쭝에 26원이 간답니다그

---

* 무명지 약지. 넷째 손가락.
* 수퉁스럽다 투박하게 생겨 보기 흉하다.
* 전당국 전당포.
* 공전 물건을 만들거나 어떤 일을 하는 데 드는 품삯.

려! 그러구두 인제 더 올른다는군요!"

영주는 그 푸르죽죽하니 납보다 좀 나아 보일까 말까 하는 가락지가 그렇게 값이 나갈 것인 줄은 몰랐다.

싸전댁이 말하는 대로 치면 그것이 150원도 더해서 200원어치나 되는 것이다.

"어쩌면!"

영주는 무심코 손을 뻗어 싸전댁의 손에 끼어 있는 백금반지를 다시 만져보며 탄식을 한다.

200원! 200원이면 돈 그것은 그리 하찮은 돈이라더라도 영주에게는 끔찍이 귀한 돈이다.

그런 것을 손가락에다가 끼워두고 놀려도 괜찮을 이 싸전댁이 가락지와 한가지로 다시 한번 쳐다보여지는 것이다.

"그런데 글쎄…… 호호."

싸전댁은 무엇이 그리 우스운지 말도 채 하지 아니하고 먼저 웃어놓는다.

"첨에 영감이 그리세요. 가락지만 백금으루 헐 게 아니라 반지, 귀이개, 그리고 이 혁대 고리까지 다 백금으루 허자구……."

싸전댁은 복판에 역시 루비를 박아 만든 혁대 장식을 내보인다.

"그래두 나는 백금보담은 금이 보기가 좋길래, 가락지만 백금으루 허구 이런 것은 우겨서 금으루 했지요. 아 그랬더니 이번에 백금 값이 그렇게 올랐다는 말씀을 허시면서, 거 보라구 내 말대로 했으면 시방 그것들을 다 치면 400원은 남잖었겠느냐구 그러시겠지요."

"거참, 그럴 줄 알았드라면 다른 거랑 더 좀 장만허실걸……."

"그러게 말이지요. 여편네들이 허는 것이라니 다 그래요. 그래 그건 그렇다구, 그러면 이 가락지나마 팔어다 주시라구 그랬지요. 그랬더니 그냥 두어두래시는군요. 인제 40원은 갈 테니 그때 가서 팔어서 금으루 장만했다가 백금값이 뚝— 떨어지거들랑 도루 백금으루 장만허자구……."

남이 먹는 떡같이 입맛이 당기는 백금가락지 이야기가 겨우 끝이 난 뒤에, 싸전댁은 비로소 가지고 온 보자기에 정신이 들어,

"아이참, 내가 이렇게 정신머리가 없어!"

하고 옷감을 펴놓는다.

흰 생고사˚로 안팎을 마른˚ 깨끼적삼˚ 한 감이다.

"이게 좀 급헌데…… 시방 되까요?"

그거야 이편에서 더 아쉬운 판이라 영주는 얼핏,

"되구말구요."

하고 옷감을 받아들었다.

"저녁때 출입을 좀 해야겠어요…… 그럼 괴로우신 내루 시방 좀 박어주세요. 좀 있다가 안잠자기를 올려보내지요."

˚ 생고사 명주실로 짠 비단의 하나.
˚ 마르다 옷감 따위의 재료를 치수에 맞게 자르다.
˚ 깨끼적삼 윗도리에 입는 홑옷의 하나.

급하다면서 실컷 이야기를 하며 놀다가는 이렇게 다지어놓고[*] 그는 돌아갔다.

영주는 시장한 배 속에 바람을 담뿍 집어삼킨 것같이 아까와 달리 약삭빠른 이 70전짜리 바느질을 하기가 괜히 심정이 났다.

이것을 가지고 늘 다니는 재봉틀 둔 집에 가서 한 시간이나 그 이상 더 진땀을 뽑아가며 곱게곱게 해놓으면 70전을 가지고 와 찾아가고, 그 70전에서 재봉틀을 쓴 세로 15전을 주고 나면 나머지가 55전……. 세 끼 굶은 입에다 밥티 한 알 집어넣느니만도 못한 것!

이렇게 따져보며 생각하니, 영주는 한심스러워 바느질감을 내동댕이치고 싶었다.

그러한 생각 끝에 연달아, 그의 친정어머니가 얌전한 탓으로 바느질을 배워두었다는 것이 도리어 야속스럽기까지 했다.

9

도적맞을 것이야 없지만 문간방 색시더러 집을 보아달라고 부탁해 두고 바느질감을 가지고 나오다가 영주는 대문 앞에서 집 세준

• 다지다 뒷말이 없도록 단단히 강조하거나 확인하다.

주인과 쭈쩍* 만났다.

　사내가 오면 늘 영주가 나서서 대응을 하는지라 집세 조르기가 헤먹었던지 여편네를 보내곤 하더니, 오늘은 무슨 생각으로 사내가 온 것이다.

　혹 지날 길에 허실삼아* 들여다보려고 한 것인지도 모른다.

　그러나 그는 그러한 눈치는 아니 보이고 짐짓 찾아온 것처럼 더운 인사, 가뭄 인사 하던 끝에,

　"좀 변통되셨나요?"

하고 집세 이야기를 꺼내놓는다.

　"아이구 저…… 아즉 좀 못되었는데요."

　영주는 집세는커녕 끼가 간데없는 터라, 언제나 쓰지 아니한 빚을 졸리는* 것 같았다. 그러나 영영 못 내겠다고 하면 집을 비워달라고 할 판이라, 곧 무슨 수가 생길 듯이 대답만은 흠선히* 해두는 것이다.

　"아 시굴서 아즉 아니 오셨나요?"

　시골? 남편 범수 말인 듯한데, '웬 시골일까' 하다가 영주는 요 전번 여편네가 왔을 때 마침 남편이 나가고 없는 것을 시골로 돈

・ 쭈쩍 정확한 뜻을 알 수 없음. '뜻하지 않게 갑자기 마주치는 모양' 정도의 뜻인 듯함.
・ 허실삼다 별반 기대는 하지 않고 혹시나 하는 마음으로 해보다.
・ 졸리다 끈질기게 자꾸 요구당하다.
・ 흠선히 정확한 뜻을 알 수 없음. '흔쾌히, 순순히' 정도의 뜻인 듯함.

변통하러 갔다고 둘러대던 일이 생각이 났다.

"네, 아즉 아니 오셨어요."

"허, 거참!"

집주인은 입맛을 다시다가,

"언제쯤 오시나요?"

하고 파서° 묻는다.

"글쎄요…… 소식은 없지만 아마 쉬 오실 듯해요. 오시면 이번에 한꺼번에 해다 드릴 테니 염려 마세요."

처음 이사 올 때에 석 달 치를 미리 주고는 지금 여섯 달이 되어 오되 한 달 치도 내지 못했으니, 석 달 치가 밀린 셈이다.

그러나 범수네로는 행여 무슨 도리가 생겨 돈이 들어오더라도, 밀린 석 달 치를 주느니 그놈으로 딴 집을 세 얻어 갈 요량°이었던 것이다.

'졸리는 것두 소극적으로는 일종의 돈벌이야.'

범수는 아내가 혼자서 졸리고는 그 화풀이를 하느라고 쫑알대면 번들거리면서 곧잘 하는 말이었었다.

졸리다 못해 내게 되면 졸린 것이 허사가 되지만, 영 아니 낸다면 졸린 값을 찾게 되니까 버젓하게 가난뱅이의 직업이요 따라서

° 파다 어떤 것을 알아내거나 밝히기 위하여 몹시 노력하다.
° 요량 생각. 속셈.

수입이라는 것이다.

범수는 궁한 몇 해 살림에 그러한 철학(?)을 많이 터득했었다.

"좌우간 이 그믐은 넹기지 마셔야 허겠습니다. 영 그러신다면 집을 비워주셔야겠구요."

집주인의 이 집을 비어내라는 말은 집세를 조르던 끝이면 으레 한 번씩 하는 소리라 처음과 달리 그다지 위협스럽게 들리지도 아니했다.

"그믐이 아니라 그 안에라두 되면 우리가 갖다 드리겠어요."

영주는 이렇게 한발 늦구어° 집주인을 배송시켜 버렸다.

재봉틀을 빌려 쓰려고 하니 영주는 다시 심정이 상했다.

영주는 한 달이면 많은 때는 사오 원, 적은 때도 이삼 원 푼수°는 재봉틀 세를 준다.

재봉틀을 둔 그 집에서도 월부로 산 것인데, 그 월부를 거진 영주가 내는 세로 물어가는 줄을 영주는 잘 알고 있다.

그러니 적이나 무엇하면 영주도 월부로 재봉틀을 한 채 들여놓고 세를 내는 정도로 월부를 치루어 갔으면 나중에 가서 재봉틀 하나는 떨어지려니 하고 남편 범수와 상의를 해보았으나, 그는 시

• 늦구다 늦추다.
• 푼수 얼마에 상당한 정도.

원찮이 여겨 코대답밖에는 아니 했었다.

또 막상 들여오재도 계약금으로 이삼십 원은 주어야 할 터. 보증인도 저편에서 요구하는 대로 세워야 할 터. 해서 난처한 일이 아닌 것은 아니었었다.

그래 꿀침 넘어가듯 당기는 것을 못 하고 번번이 약속받은 바느질삯에서 재봉틀 세까지 떼어주게 되니, 본시 살림에 밝은 영주로는 그게 안타깝지 아니할 리가 없는 것이다.

더구나 재봉틀을 논 집에서는 영주가 생각하기에는 과분의 세를 또박또박 받으면서, 그러니 고맙게 여겨주어야 할 것을, 어느 때는 되레 무슨 적선이나 하는 듯이 비쌔는˚ 눈치를 일쑤 보이곤 했었다.

그래 저래 해서 아예 심사가 좋지 못한 판인데, '아주머니'라고 편의상 부르는 과부댁이 변덕을 부리느라고 영주가 보자기를 끼고 들어서는 것을 첫 인사가,

"원 재봉틀이구 무엇이구 하두 함부루 써놓아서……."

하는 구느름˚이다.

자식도 없는 과부로 집은 방이 네 개나 되는 것을 조각보 오리듯 떼어 한 개씩 세를 놓고 자기는 혼자 홀몸으로 안방 하나만 차

˚ 비쌔다 어떤 일에 마음이 끌리면서도 겉으로 안 그런 체하다.
˚ 구느름 군말. 하지 않아도 좋을 군더더기 말.

지하고 있어, 그렇게 아등바등 아니 해도 평생 먹고살 수 있는 터건만, 요새 와서는 한술 더 떠 속새로˚ 대푼변˚ 돈놀이까지 하고 있는 마흔댓이나 된 서울 토종이다.

과부로 오래 지내다가 인간으로의 성적 구별이 없어지려고 하는 그 나이가 그렇게 변덕스러운 성미를 만들어냈을지도 모른다.

사실 그런 변덕만 아니면 여느 때는 무척 삭삭한˚ 마님이다.

영주는 그대로 홱 돌아서서 나오고 싶은 것을 참았다. 그러면서 이러한 때에 어떻게 대응을 해야 저편이 해해하는지˚ 속을 알고 있는지라, 재봉틀 이야기는 쑥 잡아 제치고 얼마나 더우냐는 둥, 신문은 보지도 못하고도 신문에 시골은 가물˚로 야단법석이 났다는 둥 한바탕 이야기를 떠벌려 놓았다. 과연 효과여신(效果如神)˚이다.

정말이건 거짓말이건 이 과부댁에게는 이야기라면 세 끼 밥을 두 끼로 줄이고라도 홈파듯 파는 성미다.

그래서 이야기가 오고 가고 하는 동안에 어찌하다가 영주네 어려운 살림살이로까지 미끄러졌다. 그러는 동안 바느질은 벌써 시작이 되었고.

˚ 속새로 겉으로 드러내지 않고 은밀히.
˚ 대푼변 100분의 1이 되는 이자.
˚ 삭삭하다 성격이나 행동이 시원하고 활발하다.
˚ 해해하다 만족스러워하며 자꾸 웃다.
˚ 가물 가뭄.
˚ 효과여신 효과가 매우 좋다는 말.

처음 들어갈 때에 샐룩했던 것과는 딴판으로 과부댁은 금시 무엇 도와라도 줄 듯이 영주를 동정해서 말을 하고, 그 때문에 영주는 슬며시 끌리어 긴찮은 청을 내놓고 싶게까지 되었다.

청이라는 것은 재봉틀 한 대를 월부로 들여놓을 밑천이다.

어떻게 생각하면 들어주지 아니할 것도 같으나, 또 어떻게 보면 들어줄 듯도 싶어, 에라 밑져야 말밖에 더 밑지랴고 영주는 마음을 도사려 먹고 이 말끝 저 말끝 여새기고* 있는데, 마침 적삼 깃을 곱게 접어 솜씨 나게 박고 있는 것을 과부댁이 일부러 다가와서 들여다보다가,

"원, 저렇게 바느질 솜씨두 좋구, 인물이랑 심덕이랑 얌전헌 이가!"

하고 혀를 끌끌 찬다. 그 끝을 영주는 냉큼 말을 받아,

"그런데 참, 아즈머니."

하고 '아주머니' 소리에 가득 정을 부어 불렀다.

무슨 말인가 하고 과부댁은 무심히 영주를 바라본다.

"나 아즈머니헌테 꼬옥 청 한 가지가 있어두 차마 입이 안 떨어져서 이내 혼자 속에다가만 두구 지냈는데요……."

말을 하면서 영주는 과부댁의 낯꽃*이 어떻게 변하는지를 살폈

* 여새기다 마음에 되새기다.
* 낯꽃 감정의 변화에 따라 얼굴에 드러나는 표시.

다. 약차하면* 거북스럽잖은 딴말로 말을 돌려 창피를 보지 말려는 것이다.

"응, 무언데?"

과부댁은 영주의 속을 대강 못 알아는 차렸으나 짐짓 어리둥절해서 묻는다.

"나 돈 30원만 취해주세요."

말이 목구멍에서 나올까 말까 하는 것을 영주는 억지로 끌어내버렸다.

과부댁은,

"돈?"

하고 얼굴이 달라지더니 이어,

"내가 돈이 어디 있수?"

한다. 차마 바로 그 전까지 가지던 상냥한 태도를 싹 씻어버리지는 못하고 강잉해서* 좋은 얼굴을 보이는 것이다.

영주는 일이 글러진 줄 알기는 하나, 그러나 기왕 벌어진 춤이니 그다음 말을 다 아니 할 수는 없다.

"없으시다면 할 수 없지만, 혹 한 30원 돌려주시면 다른 사람 일례루 열두어 달에 나눠서 3원씩이구 갚어드릴려구 그랬지요."

• 약차하다 여차하다. 일이 뜻대로 되지 아니하다.
• 강잉하다 억지로 참다. 또는 마지못하여 그대로 하다.

"글쎄…… 돈은 30원씩이나 갑자기 무엇에 쓸려구 그리우?"

"네, 좀 긴히 쓸데가 있어서……."

재봉틀을 사놓는다고 바른대로 말하면 될 것도 안 될 터라, 영주는 그냥 긴히 쓴다고만 대답했다.

"글쎄…… 긴히 쓴다니 돌려주었으면 생색두 나겠지만, 내가 무슨 돈이 있수!"

하고 잡아떼다가 다시 한 가닥을 깔아놓는다.

"게 있수. 내 어디 한 군데 알아는 보리다마는, 그 집에두 요새 돈이 없을 게야."

많으나 적으나 돈놀이하는 사람이면 으레 당장 거절하기 어려운 자리에다가는 이렇게 비스감히* 깔아놓았다가 나중에 못되었다고 핑계를 하는 것인데, 그런 내평*을 모르는 영주는 그것이 정말인 줄만 알고 느긋이 기뻤다.

그래, 꼭 써야 하겠다는 것, 그리고 한 달에 3원씩 열두 달에 나누어서 36원을 갚겠다고, 낳지도 아니한 아기를 포대기 장만하듯 해놓은 뒤에 바느질을 마쳐가지고 집으로 돌아왔다.

집에는 남편 범수도 아이들도 아니 들어오고 싸전집 안잠자기만 벌써 와서 기다리고 있었다.

---

* 비스감히 약간 비슷하게.
* 내평 겉으로 드러나지 아니한 속마음이나 일의 내막.

그래 부랴부랴 뜬숯˚을 다리미에 일워 싹 다려주고는 10전배기 일곱 닢을 받았다.

여느 때 같으면 이따가 저녁에든지 내일 일감이 생겨 바느질을 하러 가는 길에 갖다 주어도 괜찮을 것이로되, 영주는 과부댁에게 근사˚를 물어야 할 판이라 그 길로 싸전에 들러 쌀과 좁쌀을 한 납대기˚씩 팔고 나머지에서 15전을 선 자리에 갖다 주었다. 그러면서 한 번 더 신신당부를 해두었다.

그렇게 하고도 나머지가 있어서 장작 한 단에, 자반갈치 한 마리에, 또 종태가 늘 노래 부르듯 하는 감자를 5전어치만 사가지고 집으로 돌아오니, 좌우간 오늘은 살았구나 싶어 남편과 아이들이 까맣게 기다려졌다.

10

저— 아랫동리 전찻길 근처에서.

골목쟁이로 늙수그레한 두부장수 하나가 두부 목판˚을 짊어지

- 뜬숯 장작을 때고 난 뒤에 꺼서 만든 숯.
- 근사 공들이는 일. 부탁해 놓은 일.
- 납대기 사각으로 된 됫박.
- 목판 음식을 담아 나르는 나무 그릇.

고,

"두부나 비지 사─우."

외우며 들어선다. 가제˚ 두붓집에서 나오는 길인지 목판 밑으로 물줄기가 줄줄 흘러내린다.

골목쟁이에서는 아이들이 한 떼 왁자지껄거리고 떠들며 몰려나 온다. 그 중에 종석이와 종태도 섞여 맨 뒤에 처져서 나오고 있다.

"제─길, 아이들두 많기두 허다! 이러구두 자식 없어 설워허는 사람이 있으니!"

두부장수는 두부 지게를 함부로 툭툭 치고 지나가는 아이들이 밉던지, 혼자 두덜거리며 조심조심 비켜서 늘 다니는 단골집 앞에 다가 짐을 내려놓고 안으로 들어간다.

종석이는 가는 아이들의 뒤를 그냥 따라가려는 종태의 팔을 잡 아당겨 골목 안에 처졌다.

목판 틈으로 물이 흐르는 두부를 생각하니 갑자기 배가 더 고파 오고 꼭 그놈을 하나 먹고 싶었던 것이다.

전에 종석이는 집 근처 반찬가게에서 빵을 한 개 주인 몰래 집 어먹은 일이 있었다.

처음 집으려고 할 때는 무서웠고, 또 집어가지고 달아나서 먹 으려니까 가슴이 울렁거리고 목이 메기는 했지만, 그놈이 여느 때

˚ 가제 갓. 방금.

돈을 주고 사서 먹는 놈보다 더 맛이 있고 좋았었다.

그런 일을 생각하니 종석이는 지금 두부장수가 받쳐놓고 들어간 두부도 먹으면 더 배가 부르고 맛이 있을 것 같았다.

종태는 속도 모르고,

"가자!"

하고 조른다.

"가만있어. 인제 존 것 주께."

종석이는 두부 목판을 눈독 들여 바라보면서 동생을 달랜다.

"존 거 무어?"

"인제 보아."

"난 배고프다. 얼핀* 집에 가서 밥 먹자."

"피— 집에 가야 머 밥 있나…… 어머니가 밥 달랜다구 야단이나 허지."

"아니야. 아버지가 돈 가져온댔어."

"피— 아버지가 무얼 돈 가져와…… 집에 가야 밥 아니 했어. 가만있어. 내 존 거 주께."

마침 두부장수가 도로 나오더니 목판의 보자기를 걷고 소담스럽게* 허—연 두부 한 모를 집어 대접에 담아가지고 도로 들어간다.

- 얼핀 얼른.
- 소담스럽다 음식이 풍족하여 먹음직스럽다.

종석이는 침이 꼴깍 넘어가고 종태는 형의 눈 가는 곳과 얼굴을 번갈아 보고만 있다 눈치를 챈 것이다.

종석이는 그동안 가서 한 모 꺼내지 못한 것이 안타까워 시무룩해졌다.

인제는 두부장수가 곧 나와서 짊어지고 가버릴 테니 소용없겠다고 그냥 갈까 하는데, 두부장수는 나오기는 나왔으나 그대로 다음 집으로 들어간다.

종석이는 아우의 귀에 입을 대고,

"아무 소리두 말구 가만히 섰어, 응!"

하고 살금살금 두부 지게 옆으로 가고 있다. 종태도 덩달아서 그 뒤를 가만가만 따라간다.

종석이는 두부 지게 옆으로 다그더니* 짧은 키를 발돋움해서 두부 목판에 매달리듯 해가지고는 겨우 두부 한 모를 집어내었다.

그는 돌아서서 뒤를 힐끔힐끔 돌아보며 훔친 두부를 반을 떼어 종태를 주고 한편으로 볼이 째지게 밀어 넣는다. 종태를 재촉해서 도망가려 허덕허덕하는데 등 뒤에서,

"예끼! 이놈 자식들!"

하는 호통 소리가 들렸다. 두부장수는 나오다가 그걸 본 것이다.

종석이는 아우의 팔목을 잡아끌다가 쫓는 소리가 영 다급하니

---

* 다그다 어떤 대상이 있는 쪽으로 몸을 움직여 그 대상과의 거리를 가깝게 하다.

까 그냥 저 혼자 달아나고, 종태는 두부 한 쪽을 손에 쥔 채 겁결에 땅에 가 풀썩 주저앉아 엉엉 운다.

그래서 두부장수는 '도적'을 잡기에 큰 힘 들지 아니했다.

두부장수가 외치고 떠들고 하는 바람에 집집에서 사람이 나오고 아이들이 모여들고 했다.

두부장수는 종태의 손목을 당시랗게* 훑어 잡고 도둑놈의 자식이니, 오라질 놈의 자식이니 걸쭉하게 욕을 한바탕 퍼붓는다.

구경하는 아낙네 가운데 누구는 어린것이 철모르고 그랬으니 놓아주라고 만류하나 두부장수는 듣지 아니하고, 종태를 끌고 두부 지게를 짊어지고 등 뒤에 구경꾼 아이들을 죽 세우고 이렇게 행렬을 지어 윗동리로 향했다.

두부장수도 먼저 도망간 큰놈이 진범인 것을 눈으로 보았기 때문에 잘 알고 있다. 그러나 진범인을 놓친 바에야 아무나 그 자리에서 두부 한 쪽을 가지고 있던 놈을 붙잡았으니 그놈한테 돌려씌우면 그만인 것이다.

영주는 밥을 다 해놓고 밥에 찐 감자도 그릇에 담아놓고 남편과 아이들을 이제나저제나 기다리는데, 문 밖에서 왁자지껄하는 소리에 섞인 종태의 울음소리를 알아듣고 뛰쳐나갔다.

종태는 어머니를 보자 두부장수에게 붙잡힌 팔목을 뿌리치고

* 당시랗다 야무지다.

달려와서 매달려 새삼스럽게 운다.

혹시 싸웠나. 싸웠다면 웬 두부장수가 어린아이를 이렇게 당시
랗게 붙들고 왔을까? 영주는 잠시 당황해서 말을 못 하다가 마침
지게를 받쳐놓고 다가서는 두부장수더러,

"웬일이요?"

하고 물어보았다.

"그 애가 누구요?"

두부장수는 장히 도도하게 되레 묻는다.

"우리 아이요. 왜 그러우?"

"두부값 물어내시요."

"두부값이라니?"

"그 애더러 물어보시우."

그러자 뒤따라온 아이가 하나 쓱 나서서,

"그 애가 그 어른 두부 훔쳐먹었대요."

하고 똑똑이를 부린다.

"엉?"

영주는 무심결에 외쳤다. 단번에 앞이 아찔해졌다.

영주는 겨우 울음을 그치고 치마폭에 숨듯이 매달린 종태를 잡
아 흔들었다.

"너 그게 정말이냐? 두부 훔쳐먹었냐?"

"아니야."

영주는 가슴이 쑥 내려가고 신이 났다.

"이 애는 아니라는데, 어떻게 보구 허는 말이요? 괜히 남의 어린아이를 갖다가 도적의 얼*을 씌울 양으루……."

영주가 이렇게 나무라는 데는 두부장수도 좀 걸리는 데가 있는지라 버썩* 쏘지는 못했다.

그러나 그렇다고 일을 이만큼이나 저질러놓고 그대로 뒤통수를 긁다가는 되레 욕을 먹을 판이다.

"그 애 말만 제일이요? 내가 두부 지게를 받쳐놓구 들어갔다가 나오니까 웬 그 애보담 좀 큰 아이허구 두부를 끄내서 먹고 있습디다. 저기 저 애들두 다 본 증*이라우."

"옳아요. 나두 보았어요. 두부를 지금까지 가지고 있다가 요 밑에서 버린걸요."

아까 그 똑똑이가 다시 내달아서 이렇게 그야말로 증인을 선다.

영주는 자신이 흔들려 종태를 굽어다 보며,

"네가 두부 먹었다면서?"

하고 물어보았다.

"죄꼼 먹었어."

"먹었어?"

---

* 얼 겉에 드러난 흠. 다른 사람 때문에 당하는 괴로움이나 해로움.
* 버썩 몹시 우기는 모양.
* 증 어떤 사실을 증명할 수 있는 근거. 여기서는 '증인'의 뜻.

"응."

"네가 집어서?"

"아—니."

"그럼?"

"언니가 집어주어서……."

"언니가?"

영주는 깡총 뛰었다.

두부장수도 그 애들이 아우형제인 줄은 몰랐다가 이렇게 되고 보니 기승이 퀼퀼하다.

"거 보시우. 내가 괜—히 남의 자식을…… 괜—히 그러다가 마른벼락을 맞일려구 그랬겠수? 어여 두부값이나 내시우. 나두 가서 장사해야지."

영주는 성미를 누르고 침착했다. 그는 서둘지 아니하고 낯꽃을 고쳐 두부값이 얼마냐고 물었다.

"몇 모를 집어 먹은지 알 수 있수…… 두 모 값만 내시우."

"두부 몇 집었니?"

영주는 종태더러 물어본다. 두부장수가 두 모 값이라고 하는데 의심을 가지는 것이 아니라, '두 모 값만'이라고 하는 데 비위가 거슬려 수를 옳게 알아가지고 당장 돈이야 치르든 못 치르든 따져 주자는 것이다. 종태는 둘째손가락 하나를 펴 보인다.

"하나?"

"응."

"꼭 그렇지?"

"응."

"이 애는 하나라는데 그리우?"

기회가 좋으니 한마디라도 두부장수를 면박 주고 싶어진 것이다.

"누가 그 애 말을 곧이들우?"

"아―니 두 모 값은 말구 열 모 값이라두 주기는 주겠소만, 한 모 먹은 것허구 두 모 먹은 것허구는 다르잖수……. 그러나저러나 간에 두 모 값을 주기는 줄 텐데, 시방 바깥어른이 출입허구 안 계시니 내일 아츰에 한번 들르시우."

범수가 들어왔자 빈손으로 돌아왔으면 별수 없겠지만, 우선 당장은 그렇게 모피할* 수밖에 없는 것이다.

그러나 두부장수는 당장 받아가지고 가고도 싶거니와 더욱이 바깥어른이라는 말에 또 무슨 시비나 생길까 겁이 나서 당장만 내라고 조른다.

못 한다거니 내라거니 하는 것을 다행히 아랫방의 목수가 들어오다 보고 자기 주머니에서 10전을 꺼내 주어 두부장수를 돌려보냈다.

---

* 모피하다 꾀를 내어 피하다.

영주는 회초리를 댓 개나 꺾어가지고 들어왔다.

종태는 회초리를 보더니 지레 겁이 나서 벌벌 떨고 운다.

"그래 종석이 놈은 어데루 갔느냐?"

"몰라 도망갔어."

영주는 아이를 방으로 끌고 들어가서 활씬 벗겨놓고 피가 흐르도록 잔채질*을 했다.

그는 종태는 종석이가 두부를 훔쳐 주니까 그저 철모르고 받아먹었으리라고 짐작은 하면서, 그러나 자기 분에 못 이겨 그것을 매로써 아이에게 푸는 것이다.

그런지라 만일 종석이도 같이 붙들려 왔었다면 종태는 그다지 맞지 아니하고 말았을 것이다.

아이가 너무 자지러지게 울고 하니까 매질이 과한 줄 알고 문간방 색시와 또 아랫방의 목수네 어머니가 들어와 매를 빼앗고 아이를 데려 내가고 하며 말렸다.

영주는 말리는 대로 내맡기고 그 자리에 쓰러져 울었다. 울면서 남편이 들어오면 실컷 말이나 해주고 죽어버리려고까지 마음을 먹었다.

'오죽 부모 된 것들이 못났으면 자식이 도적질을 하랴. 도적질도 다른 도적질이 아니요 배가 고파 남의 두부 목판에서 두부 한

---

* 잔채질 회초리로 연거푸 때리는 것.

모를 훔쳐먹으랴.' 하는 부끄럼과 노염이 영주로 하여금 죽고 싶은 마음까지 나게 한 것이다.

훨씬 저녁때가 되어 종석이는 찰래찰래* 들어왔다.

영주는 자식을 나무라고 때리기보다는 그때는 자책하는 마음이 더했으나 종석이가 눈앞에 보이고 또 제가 그렇게 훔쳐는 놓고 동생을 내버리고 도망을 간 소행머리*가 미워서 일단 가라앉았던 분이 다시 치밀어 종태만 못지 아니하게 매질을 했다.

그렇게 매질을 하고 아이의 등과 볼기짝에서 피가 흐르고 하는 차에 얼큰히 취한 범수가 돌아온 것이다.

영주는 매를 늦구고* 나무람을 하는 판인데, 남편이 대뜰로 올라서는 것을 보니 그대로 퍽 엎드려 헉헉 느끼며 울었다.

"웬일야?"

범수는 대뜰에 선 채 이렇게 물었으나 아내는 눈물 젖은 눈을 들어 원망스럽게 한번 쳐다보고는 도로 엎드려 울기만 한다.

영주는 폭포같이 말을 쏟뜨려* 놓고 싶어도 무슨 말을 어떻게 해야 좋을지…… 다만 남편이 원망스럽고 노여워 울음이 앞서는 것이다.

---

* 찰래찰래 몸을 흔들며 경망스럽게 걷는 모양.
* 소행머리 이미 해놓은 일이나 짓 따위를 속되게 이르는 말.
* 늦구다 늦추다. 여기서는 '뒤로 미루다'의 뜻.
* 쏟뜨리다 '쏟다'를 강조하여 이르는 말.

"너 요놈, 또 어머니 말 아니 듣구 싸웠든지 그랬구나?"

하고 나무람 반 물었으나 아이 역시 대답이 없다.

그러자 아내가 고개를 번쩍 쳐들더니 범수를 치올려보며,

"무슨 낯으루 자식을 나무래요? 다 에미 애비 죄지."

하고 악을 쓴다.

"아―니 그건 무슨 소리야?"

"자식을 굶겨노니 안 그럴까?"

"아―니 글쎄 왜 그러는 거야? 굶는 게 오늘 처음이요? 또 우리뿐이게? 새삼스럽게 이러나……."

"그러니까 자식이 도적질을 해두 괜찮단 말이요?"

"도적질?"

"그렇다우…… 배가 고파서 두부장수 두부를 훔쳐먹다가 들켰다우. 자― 시원허우?"

범수는 피가 한꺼번에 머리로 치밀어올랐다.

그는 무어라고 아이를 나무라려다가 문득 자기가 오늘 낮에 겪던 일이 선연히 눈앞에 나타나 그만 두 어깨가 축 처져버렸다.

그는 종석이를 흘겨보며,

"흥! 이놈의 자식, 승어부(勝於父)˚는 했구나."

하고 두런거렸다. 영주도 남편이 무슨 말을 했는지 알아듣지 못

˚ 승어부 아버지보다 나음.

115

했다.

이튿날 아침 일찍이.

영주는 종태만이라도 근처의 사립학교에나마 보낸다고 데리고 나섰다. 종석이까지 데리고 간다고 밤늦게까지 우기며 다투었으나 범수는 듣지 아니하고, 정 그러려거든 작은아이 종태나 마음대로 하라고……. 그래 말하자면 두 사람의 소산을 둘이서 반분한 셈이다.

종태를 데리고 나가는 아내의 뒷모습을 바라보며 범수는 혼자 중얼거렸다.

"두구 보자. 네 방침이 옳은지 내 방침이 옳은지……."

뒤미처 범수는 종석이를 데리고 서비스 공장으로 최씨를 찾아 갔다.

《조광》1936년 10~12월호에 실린 작품을 바탕으로 함.

작품 이해하기

이 소설은 1936년 10월에서 12월까지 《조광》에 발표된 작품이다. 일본 유학까지 다녀온 범수와 여고를 졸업한 영주 부부가 내일을 기약할 수 없을 정도로 어렵게 살아가는 이야기이다. 그 당시 최고의 지식인임에도 일거리가 없어 산비탈 셋집에서 어린 두 아들과 함께 굶주리며 산다. 이 부부에게는 내일보다 오늘의 끼니가 걱정이다.

이 소설의 공간적 배경은 서울 시내 중심가에서 벗어난 마포이다. 그 당시 서울은 사대문 안에 한정되었던 주거 지역이 외곽 변두리로 확산하던 시기였다. 이 마포는 돈이 있는 사람들이 사는 저지대와 돈이 없는 사람들이 사는 고지대로 구분된다. 돈이라는 경제에 의해 삶의 공간이 구별되던 그 시절, 남편과 아내가 모두 고등교육을 받은 부부는 고지대인 산동네에 세 들어 산다.

대학을 졸업한 범수와 여자고보를 나온 영주는 지식인임에도 하루 한 끼조차 해결하기 힘들다. 명색이 대졸이라 잡스러운 일을 하고 싶어도 아내는 반대한다. 가난한 그들의 생활을 이끌어가는 것은 아내의 삯바느질이다. 아내가 삯바느질을 해서 겨우 연명하며 살아간다.

이런 상황에서 범수는 하루 끼니를 해결하기 위해 돈을 구하러 나간다. 거리를 배회하다 친구에게 돈을 꾸어볼까도 생각했지만 입이 떨어지지 않는다. 마침 눈에 보이는 금반지며 친구 주머니 속의 돈을 훔쳐볼까 했지만, 도적질이라는 심리적 불안함과 대립하게 되고 결국 도적질할 기술조차 발휘하지 못하는 자신의 모습을 발견한다. 그리고 《죄와 벌》의 라스콜리니코프를 생각하며 포기한다. 그런 그가 집에 돌아왔을 때 배가 고픈 아들이 두부를 훔쳐먹다 붙잡힌다. 자신은 양심의 문제로 몇 번이나 물건을 훔치려다 포기했으나 아들이 두부를 훔쳐먹었다는 것에 '승어부는 했구나.'라는 풍자는 고통스러운 현실에 대한 강한 냉소적 반응이다.

그래서 그는 자동차 서비스 공장의 공장장에게 아들 종석의 취직을 부탁한다. 〈레디메이드 인생〉의 P처럼 어설픈 교육이 지식인들을 노동자로 만들지 못한다고 생각한 그는 아내와 다투면서까지 아들을 노동자로 만들려고 한다. 영주는 둘째 아들 종태를 사립학교에 보내고, 범수는 큰아들 종석을 자동차 서비스 공장에 보내며 소설은 마무리된다.

이 소설은 범수라는 인물을 통해 식민지 현실을 살아가는 지식인의 무기력을 자조와 냉소로 형상화한 작품이다. 작가는 당시 지식인들이 겪고 있는 현실과 이상의 괴리를 주인공의 무기력한 일상을 통해서 보여준다. 범수는 안정된 생활을 꿈꾸며 학업을 마치지만 실직자 신세가 되어 매 끼니를 걱정하며 살아간다. 현실은 암울하고 오늘은 물론 명일의 희망도 없다. 지식인의 지식이 삶의 오늘과 명일을 해결할 수 없음을, 1930년대 일제강점기의 현실에서 미래에 대한 희망을 상실한 채 살아가는 지식인의 모습을, 풍자적으로 그리고 있다.

작품 깊이읽기

〈명일〉과 〈레디메이드 인생〉

채만식은 〈명일〉의 흐름이 더 건전하게 발전이 된 것이 〈치숙〉이고, 〈명일〉의 방향을 좀 더 넓고 세속적인 세계에서 발전시켜 보자던 것이 《탁류》라고 이야기한 적이 있다. 그러나 지식인의 실업이라는 면에서 〈명일〉은 〈레디메이드 인생〉과 같은 계열의 작품이라 할 수 있다. 〈레디메이드 인생〉이 지식인이라는 제한된 계층의 문제를 중점적으로 다루었다면, 〈명일〉은 서울 변두리 도시 빈민층의 문제로 관심을 확대했다. 그러나 〈레디메이드 인생〉에서 보여준 현실 인식이 〈명일〉에서 반복된다는 점에서는 크게 차이가 없다. 두 작품은 소재 면이나 주제 면에서 동질성을 지니고 있다.

작가는 〈자작 안내〉라는 글에서 "누가 무슨 소리를 하든지 이 〈명일〉이 내가 위에서 말한 갑술년으로부터 의식적으로 문학을 중단하고서 침음하던 최종의 작품 〈레디메이드 인생〉의 발전이요, 이내 나의 문학의 방향의 한 가닥이 거기에 근원을 둔 것인만큼 나에게는 중난스런 작품이 아닐 수 없다."라고 말한다. 〈명일〉은 〈레디메이드 인생〉을 조금 더 발전시킨 작품이라고 봐도 될 것이다.

〈명일〉과 〈허생전〉

〈명일〉을 읽다 보면 떠오르는 소설이 〈허생전〉이다. 〈허생전〉의 주인공이 책 읽는 양반이라는 것과 〈명일〉의 주인공이 지식인라는 점이 비슷하다. 경제적으로 무능한 남편과 그런 현실 속에서 어렵게 살아가야 하는 아내가 등장하고, 남편과 아내 사이의 현실에 대한 시각 차이를 보여주는 점도 동일하다. 〈허생전〉에서 글 읽는 허생이 현실에 눈을 뜨게 만드는 사람이 허생의 아내인데, 〈명일〉에서 돈 문제와 자식 교육을 두고 남편 범수와 의견 대립을 하는 아내 영주의 역할 또한 비슷하다.

'그러나 지금 와서 생각하면, 비록 의식하지는 못했으나마 천하 어리석은 짓을 하고 만 것이다.'라는 범수의 자기 비하적인 발언에서 알 수 있듯이, 일제강점기라는 고단한 현실을 살아가는 〈명일〉의 주인공이 허생보다 더 자조적이라고 할 수 있다. 그래서 〈명일〉의 결말이 더 절망적일 것이다.

이놈의 자식이 승어부는 했구나

이 소설에서는 아이러니한 상황이 여러 번 등장한다. 그 가운데에서도 가장 압권은 도둑질의 유혹이다. 범수가 도서관에 가려고 나왔지만 그것이 자기기만임을 깨닫고 거리를 헤매다 금은상에 들어간다. 그곳에서 도둑질의 충동을 느끼지만 실행에 옮기지 못한다. 도스토옙스키의 《죄와 벌》을 떠올리며 '뺏기지 않는 놈은 도적질할 권리도 없다'고 고개를 끄덕거리며 자기변명을 한다.

이 도둑질의 유혹은 작품의 후반에 범수의 아들이 두부를 훔쳐먹다가 들켜 꾸중을 듣는 장면으로 확장된다. '오죽 부모 된 것들이 못났으면 자식이 도적질을 하랴. 도적질도 다른 도적질이 아니요 배가 고파 남의 두부 목판에서 두부 한 모를 훔쳐먹으랴.' 하는 부끄럼과 노염을 아내 영주는 느낀다. 그러나 남편 범수는 '그는 무어라고 아이를 나무라려다가 문득 자기가 오늘 낮에 겪던 일이 선연히 눈앞에 나타나 그만 두 어깨가 축 처져버'린다. 자기 또한 도둑질을 하려던 낮의 모습이 떠오른 것이다. 그래서 그는 '흥! 이놈의 자식, 승어부는 했구나.'라고 두런거린다. 자기 연민을 느끼는 아내 영주와 자기 조소를 보이는 남편 범수의 이 장면은 이 소설이 보여주는 가장 아이러니한 장면이자 가슴 아픈 장면이다.

사회주의

가난 때문에 명일이 없는 범수는 아내 영주의 잔소리가 지겹다. 아내의 잔소리가 귀찮아서 집을 나오기는 하지만, 밖에 나온 그가 궁금한 것은 불란서 인민전선파의 내각 조직이다. '범수에게는 불란서의 인민전선파 내각의 그 뒤에 오는 것이 절대의 흥미'이다. 범수에게 가난보다 흥미를 끄는 것이 서구의 사회주의 흐름이다. 현실의 경제적인 궁핍 속에서도 사회주의 이념에 관심을 갖고 있는 범수는 가난할 수밖에 없다. 사회주의를 신봉하는 지식인이 경제적인 궁핍을 해결할 수 있는 시대가 아니기 때문이다. 그래서 그는 '도서관의 무료열람실에 가서 궁금하던 신문도 뒤적거리고' 싶지만 도서관을 그냥 지나친지도 모른다. 오늘의 배고픔이 그가 신봉하는 사회주의를 지나치게 한 것이리라.

사회주의를 신봉하는 범수는 〈치숙〉에서 감옥에 갔다 온 '치숙'으로 확장된다. 친일하지 않는 지식인이라면 사회주의자가 되어야 했던 일제강점기 지식인의 모습을 채만식의 소설에서는 자주 만나게 된다. 사회주의를 신봉하지만 사회주의자가 되면 끝내 명일을 기약할 수 없던 시절. 이 두 인물을 통해 우리는 채만식의 모습을 읽을 수 있다. 동반자 작가(사회주의 혁명에 직접 참여하지는 않으면서도 혁명운동에 동조하는 경향을 가졌던 작가)와 뜻을 같이하지만 끝내 동반자 작가가 되지 않은 채만식을 떠올리게 한다.

올이 병자년이랍서유? 그래서 난리가 난대유

1936년은 병자년이었다. 문간방 색시와 싸전댁은 영주에게 올해가 병자년이라서 난리가 날 것이라고 말한다. 병자년이라서 난리가 날 것이라는 건 물론 유언비어이다. 그러나 만나는 사람마다 이런 이야기를 했다는 건, 당시 백성들은 사실처럼 믿었다는 뜻일 것이다.

역사적으로 병자년에 일어난 큰 사건은 병자호란(1636년)과 병자년에 벌어진 강화도조약(1876년). 두 사건은 당시 백성들의 삶을 망가뜨리고 사람들에게 큰 공포를 안겨주었기에, 또다시 병자년이 되자 혹시나 큰 사건이 벌어지지 않을까 두려워하던 당시 백성들의 두려움이 소설에 그대로 드러나 있다고 볼 수 있다. 또한 이런 불안한 마음이 널리 퍼질 만큼 1936년 당시의 상황이 어수선했다는 것도 어렵지 않게 유추할 수 있다. 다음 해 1937년 7월 중일전쟁이 발발했다는 것을 생각하면 크게 틀린 말도 아니겠다.

그러나 범수와 영주 부부에게는 병자년에 생길지도 모르는 난리보다 당장 오늘의 끼니를 때우는 것이 더 큰 재난이다. 차라리 난리가 나서 세상이 망했으면 좋겠다고 자조하는 장면에서는 그들의 삶이 얼마나 힘들지 상상할 수 있게 한다.

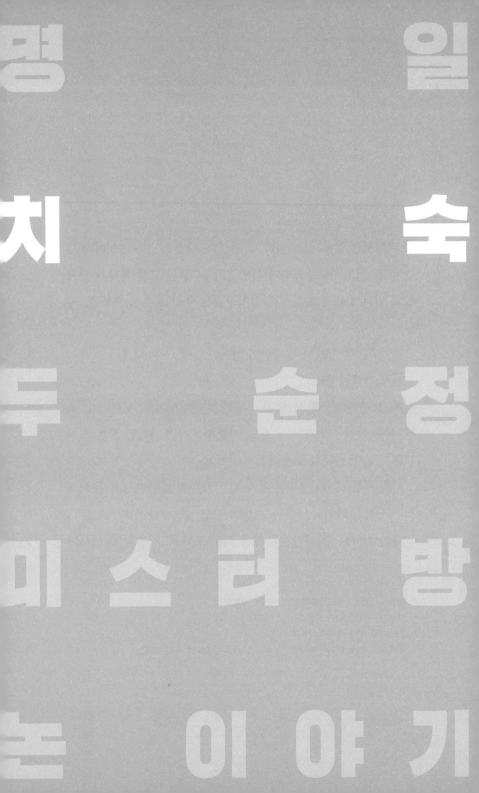

치숙

우리 아저씨 말이지요? 아따 저 거시키, 한참 당년에 무엇이냐 그
놈의 것 머? 사회주의라더냐 막걸리*라더냐. 그걸 하다가 징역
살고 나와서 폐병으로 시방 앓아누웠는 우리 오촌 고모부 그 양
반…….

머, 말두 마시오. 대체 사람이 어쩌면 글쎄…….내 원!

신세 간데없지요.

자, 10년 적공* 대학교까지 공부한 것 풀어먹지도* 못했지요, 좋
은 청춘 어영부영 다 보냈지요, 신분에는 전과자라는 붉은 도장
찍혔지요, 몸에는 몹쓸 병까지 들었지요.

이 신세를 해가지굴랑은 굴속 같은 오두막집 단칸 셋방 구석에
서 사시장철 밤이나 낮이나 눈 따악 감고 드러누웠군요.

재산이 어디 집 터전인들 있을 턱이 있나요. 서발막대* 내저어

• 막걸리 막덕(마르크스주의자)을 에둘러 표현한 말.
• 적공 많은 힘을 들여 애를 씀.
• 풀어먹다 어떤 목적에 이용하다.
• 서발막대 매우 긴 나무나 나뭇가지의 긴 도막을 강조하여 이르는 말.

야 짚검불 하나 걸리는 것 없는 철빈°인데.

우리 아주머니가, 그래도 그 아주머니가, 어질고 얌전해서 알량한 남편 양반 받드느라 삯바느질이야, 남의 집 품빨래야, 화장품 장사야, 그 칙살스런 벌이를 해다가 겨우겨우 목구멍에 풀칠을 하지요.

어디루 대나 그 양반은 죽는 게 두루 좋은 일인데 죽지도 아니해요.

우리 아주머니가 불쌍해요. 진즉 한 나이라도 젊어서 팔자를 고치는 게 아니라, 무슨 놈의 수난 후분°을 바라고 있다가 고생을 하는지.

근 20년 소박을 당했군요. 20년을 설운 청춘 한숨으로 보내고서 다 늦게야 송장 여대치게° 생긴 양반을 그래도 남편이라고 모셔다가는 병수발 들으랴 먹고살랴 애가 진하고° 다니는 걸 보면 참말 가엾어요.

그게 무슨 죄다짐°이람? 팔자 팔자 하지만 왜 팔자를 고치지를 못하고서 그래요. 우리 조선 구식 부인네들은 다 문명을 못하고 깨지를 못해서 그러지. 그 양반이 한시바삐 죽기나 했으면 우리

* 철빈 더할 수 없이 가난함. 또는 그런 가난.
* 수난 후분 고생 끝에 늙어서 받는 복.
* 여대치다 비교 대상을 훨씬 넘어서다. 뺨치다.
* 애가 진하다 수고로움이 지극하다.
* 죄다짐 죄에 대한 갚음.

아주머니는 차라리 신세 편하리라. 심덕* 좋겠다, 솜씨 양전하겠다 하니 어디 가선들 재가* 일신 몸 가누고 편안히 못 지내요? 가만있자, 열여섯 살에 아저씨네 집으로 시집을 갔다간, 그게 내가 세 살 적이니 꼬박 열여덟 해로군. 열여덟 해면 20년 아니요. 그때 우리 아저씨 양반은 나이 어리기도 했지만, 공부를 하느라 서울로 동경으로 10여 년이나 돌아다녔고, 조끔 자라서 색시 재미를 알 만하니까는 누가 예쁘달까 봐 이혼하자고 아주머니를 친정으로 쫓고는 통히 불고*를 하고…….

공부를 다 마치고 오더니만 그담에는 그놈의 짓에 들입다 발광해 다니면서 명색 학생 출신이라는 딴 여편네를 얻어 살았지요. 그 여편네는 나도 몇 번 보았지만, 상판대기라고 별반 출* 수도 없이 생겼습디다. 그 인물로 남의 첩이야? 일색* 소박은 있어도 박색* 소박은 없다더니, 사실 소박맞은 우리 아주머니가 그 여편네게다 대면 월등 예뻤다우.

그래 아무튼 그 양반은 필경 때여가서* 5년이나 전중이*를 살았

---

* 심덕 너그럽고 착한 마음 씀씀이.
* 재가 결혼했던 여자가 남편과 사별하거나 이혼하여 다른 남자와 결혼함.
* 불고 돌아보지 아니함.
* 추다 훌륭하거나 뛰어나다고 말하다.
* 일색 뛰어난 미인.
* 박색 아주 못생긴 얼굴.
* 때여가다 때가다. 죄지은 사람이 잡혀가다.
* 전중이 징역살이하는 사람을 속되게 이르는 말.

지요. 그동안에 아주머니는 시집이고 친정이고 모두 폭 망해서 의지가지없이 됐지요. 그러니 어떻게 해요? 자칫하면 굶어 죽을 판인데.

할 수 없이 얻어먹고 살기도 해야 하려니와 또 아저씨 나오는 것도 기다려야 한다고 나를 반연* 삼아 서울로 올라왔더군요. 그게 그러니까 아저씨가 나오던 그 전해로군.

그때 내가 나이는 어려도 두루 날뛴 보람이 있어서 이내 '구라다상'네 식모로 들어갔지요.

그 무렵에 참 내가 아주머니더러 여러 번 권면을 했지요. 그러지 말고 개가*를 가라고. 글쎄 어린 소견에도 보기에 퍽 딱하고 민망합디다.

계제*에 마침 또 좋은 자리가 있었고요. '미네상'이라고 미쓰꼬시 앞에서 바나나 다다끼우리(투매)* 하는 인데 사람이 퍽 좋아요.

우리 집 다이쇼(주인)도 잘 알고 허는데, 그이가 늘 날더러 조선 오깜상(아내)하구 살았으면 좋겠다고 중매 서달라고 그래쌌어요.

돈은 모아둔 게 없어도 다 벌어먹고 살 만하니까, 그런 사람 만나서 살면 아주머니도 신세 편할 게 아니냐구요.

---

* 반연 무엇에 이르기 위한 연줄로 삼음. 또는 그 연줄.
* 개가 '재가'와 같은 뜻.
* 계제 어떤 일을 할 수 있게 된 형편이나 기회.
* 다다끼우리 손해를 무릅쓰고 싼값에 팔아버리는 일.

그런 걸 글쎄 몇 번 말해야 숭헌 소리 말라고 듣지 않는 걸 어떡 허나요.

아무튼 그런 것 말고라도 참 흰말˚이 아니라 이날 이때까지 내가 그 아주머니 뒤도 많이 보아주었다우. 또 나도 그럴 만한 은공이 없잖아 있구요.

내가 일곱 살에 부모를 잃었지요. 그러고 나서 의탁할 곳이 없이 됐는데, 그때 마침 소박을 맞고 친정살이를 하는 그 아주머니가 나를 데려다가 길러주었지요. 그때만 해도 그 집이 그다지 군색하게 지내든 않았으니깐요. 아주머니도 아주머니지만 종조할머니며 할아버지도 슬하에 딴 자손이 없어서 나를 퍽 귀애하셨지요.

열두 살까지 그 집에서 자랐군요. 4년이나마 보통학교도 다녔고. 아마 모르면 몰라도 그 집안이 그렇게 치패하지만˚ 않았으면 나도 그냥 붙어 있어서 시방쯤은 전문학교까지는 다녔으리다.

이런 은공이 있으니까 나도 그걸 저버리지 않고, 그래서 내 깜냥˚에는 갚을 만치 갚노라고 갚은 셈이지요.

허기야 요새도 간혹 아주머니가 찾아와서 양식 없다는 사정을 더러 하곤 하는데, 실토루˚ 말이지 좀 성가시기는 해요. 그러는 족

˚ 흰말 터무니없는 말. 허풍 떠는 말.
˚ 치패하다 살림이 아주 결딴나다. 망하다.
˚ 깜냥 스스로 일을 헤아림. 또는 헤아릴 수 있는 능력.
˚ 실토루 실토로. 거짓 없이 사실대로 말해서.

족 그 수응˚을 하자면 내 일을 못 하겠는걸. 그래 대개 잘라 떼기는 하지요. 그러나 그 밖에 가령 양 명절 때면 고깃근이라도 사 보낸다든지, 또 오면가면 이야기 낱이라도 한다든지 그런 건 결단코 범연히˚ 하든 않으니까요.

아무튼 그래서, 아주머니는 꼬박 1년 동안 구라다상네 집 식모로 있으면서 월급 5원씩 받는 걸 그대루 고스란히 저금을 하고, 또 틈틈이 삯바느질을 맡아다가 조끔씩 벌어 보태고, 또 나올 무렵에 구라다상네 양주˚가 퍽 기특하다고 돈 7원을 상급으로 주고 그런 게 이럭저럭 돈 100원이나 존존히˚ 됐지요.

그놈으로 방 한 칸 얻고 살림 나부랭이도 조금 장만하고, 그래 놓고서 마침 그 알량꼴량한˚ 서방님이 뇌여 나오니까 그리루 모셔 들였지요.

뇌여 나는 날 나도 가서 보았지만, 감옥 문 앞에 막 나서자 아주머니가 기다리고 있으니까 그래도 눈물이 핑― 돌던데요.

전에 그렇게도 죽을 둥 살 둥 모르고 좋아하던 첩년은 꼴도 안 뵈구요. 남의 첩년들이란 다 그런 게지요 뭐.

우리 아저씨 양반은 혹시 그 여편네가 오지 않았나 하고 사방을

˚ 수응 요구에 응함.
˚ 범연히 예사롭게. 평범하게.
˚ 양주 바깥주인과 안주인.
˚ 존존히 넉넉하게.
˚ 알량꼴량하다 몰골이 사납고 보잘것없다.

휘휘 둘러보던데요. 속이 그렇게 없다니까. 여편네는커녕 아주머니하구 나하구 그 외는 얼친* 개새끼 한 마리 없어요.

마악 자동차에 올라타려다가 피를 토했지요. 나중에 들었지만 감옥 안에서 달포* 전부터 토혈*을 했다나 봐요. 그래 다 죽어가는 반송장을 업어 오다시피 해다가 뉘어놓고, 그날부터 아주머니는 불철주야로 할 짓 못 할 짓 다 해가면서 부리나케 날뛴 덕에 병도 차차로 차도가 있고 그러더니 인제는 완구히* 살아는 났지요. 뭐 참 시방은 용 꼴인걸요, 용 꼴.

부인네 정성이 무서운 겝디다. 꼬박 3년이군. 나 같으면 돌아가신 부모가 살아오신대도 그 짓 못 해요.

자, 그러니 말이지요. 우리 아저씨라는 양반이 작히나* 양심이 있고 다 그럴 양이면, 어—허 내가 어서 바삐 몸이 충실해지거들랑 돈을 벌어다가 저 아내를 편안히 거느리고 이 은공과 전날의 죄를 갚아야 하겠구나, 이런 맘을 먹어야 할 게 아니나요?

아주머니의 은공을 갚자면 발에 흙이 묻을세라 업고 다녀야 할 것이지요.

그러지 않더라도 자기도 인제는 속 차려야지요. 속을 차려서 무

• 얼치다 정신을 잃다. 미치다.
• 달포 한 달이 조금 넘는 기간.
• 토혈 피를 토함.
• 완구히 어떤 상태가 완전하여 오래 견딜 수 있게.
• 작히나 얼마나. 조금이라도.

얼 하재도 전과자니까 관리나 또 회사 같은 데는 들어가지 못하겠지만, 그야 자기가 저지른 일인 걸 누구를 원망할 일도 아니고, 그러니 막 벗어붙이고 노동이라도 해야지요. 대학교 출신이 막벌이 노동이라께 꼴 가관이지만 그래도 할 수 없지 뭐.

그런 걸 보고 가만히 나를 생각하면, 만약 우리 종조할아버지네 집이 그렇게 치패를 안 해서 나도 전문학교나 대학교를 졸업을 했으면 혹시 우리 아저씨 모양이 됐을지도 모를 테니, 차라리 공부 많이 않고서 이 길로 들어선 게 다행이다, 이런 생각이 들어요.

사실 우리 아저씨 양반 대학교까지 졸업하고도 인제는 기껏 해먹을 게란 막벌이 노동밖에 없으니, 보통학교 4년 겨우 다니고서도 시방 앞길이 환히 트인 내게다 대면 고쓰까이(소사)만도 못하지요.

아, 그런데 글쎄 막벌이 노동을 하고 어쩌고 하기는커녕 조끔 바시시 살아날 만하니까 이 주책꾸러기 양반이 무슨 맘보를 먹는고 하니…… 내 참 기가 막혀!

아―니 그놈의 것하구는 무슨 대천지원수*가 졌단 말인지. 어쨌다고 그걸 끝끝내 하지 못해서 그 발광인고.

그러나마 그게 밥이 생기는 노릇이란 말이요? 명예를 얻는 노

---

* 대천지원수 하늘을 함께 이지 못한다는 뜻으로, 이 세상에서 같이 살 수 없을 만큼 큰 원한을 가짐을 비유적으로 이르는 말.

릇이란 말이요? 필경은 잡혀가서 징역 사는 노릇?

아마 그놈의 것이 아편하구 꼭 같은가 봐요. 그렇길래 한번 맛을 들이면 끊지를 못하지요.

그렇지만 실상 알고 보면요. 그게 그다지 재미가 난다거나 맛이 있다거나 그런 것도 아니더군 그래요. 불한당°패던데요. 하릴없이 불한당패들입니다.

저— 서양 어디선가, 일하기 싫어하는 게름뱅이 몇 놈이 양지쪽에 모여 앉아서 놀고먹을 궁리를 했더라나요. 우리 집 다이쇼가 다 자상하게 이야기를 해줍디다그려.

게, 그 녀석들이 서로 구론°을 하기를, 자 이 세상에는 부자가 있고 가난한 사람이 있고 하니 그건 도무지 공평한 일이 아니다. 사람이란 건 이목구비하며 사지 육신을 꼭 같이 타고났는데 누구는 부자로 잘살고 누구는 가난하다니 그게 될 말이냐. 그러니 부자가 가진 것을 우리 가난한 사람들하구 다 같이 고르게 나누어 먹어야 경우가 옳다.

야— 그거 옳은 말이다. 야— 그 말 좋다. 자— 나눠 먹자.

아, 이렇게 설도°를 해가지고 우— 하니 들고일어났다는군요.

아—니, 그러니 그게 생날불한당놈의 짓이 아니고 무어요?

• 불한당 떼를 지어 돌아다니며 재물을 마구 빼앗는 사람들의 무리.
• 구론 말로 하는 논쟁.
• 설도 사람이 지켜야 할 바른 도리를 설명하고 이끎.

사람이란 것은 제가끔 분지복°이 있어서 기수(氣數)°를 잘 타고 나고 부지런하면 부자가 되는 법이요, 복록을 못 타고나고 게으른 놈은 가난하게 사는 법이요, 다 이렇게 마련인데……. 그거야 말루 공평한 천리°인 것을, 됩다° 불공평하다께 될 말이요? 그러구서 억지로 남의 것을 뺏어 먹자고 들다니, 그놈들이 불한당이지 무어요.

짓이 불한당 짓일 뿐만 아니라, 또 만약에 그러기로 들면 게으른 놈은 점점 더 게으름만 부리고 쫓아다니면서 부자 사람네가 가진 것만 뺏어 먹을 테니, 이 세상은 통으로 거지 판이 될 게 아니요? 그나마 부자 사람네가 모아둔 걸 다 뺏기고 더는 못 멕여 내는 날이면 그때는 이 세상 망하는 날이 아니요?

제마다 남이 농사지어 놓으면 그걸 뺏어 먹으려고 일 않고 번둥번둥 놀 것이고, 남이 옷감 짜놓으면 그걸 뺏어다가 입으려고 번둥번둥 놀 것이고 그럴 테니, 대체 곡식이며 옷감이며 그런 것이 다 어데서 나올 데가 있어야지요. 세상 망할밖에!

글쎄 그놈의 짓이 그렇게 세상 망쳐놓을 화단°인 줄은 모르고서 가난한 놈들, 그중에도 일하기 싫은 게으름뱅이들이 우선 당장

* 분지복 각가 타고난 복.
* 기수 저절로 오고 가고 한다는 길흉화복의 운수.
* 천리 천지자연의 이치. 또는 하늘의 바른 도리.
* 됩다 도리어.
* 화단 화를 일으킬 실마리.

부자 사람네 것을 뺏어 먹는다니까 거기 혹해가지굴랑 너두 나두 와— 하니 참섭°을 했다는구료.

바루 저 아라사°가 그랬대요. 그래서 아니나 다를까 농군들이 곡식을 안 만들기 때문에 사람이 수만 명씩 굶어 죽는다는구료. 빠안한 이치지 뭐.

우선 먹기는 곶감이 달다고, 그 지랄들을 했다가 잘코사니°야!

아 그런데 그 못된 놈의 풍습이 삽시간에 동서양 각국 안 간 데 없이 퍼져가지굴랑 한동안 내지°에도 마구 굉장히 드세게 돌아다녔고, 내지가 그러니까 멋도 모르는 조선 영감상들도 덩달아서 그 숭내를 냈다나요.

그렇지만 시방은 그새 나라에서 엄하게 밝히고 금하고 한 덕에 많이 너끔해졌고°, 그런 마음 먹는 사람은 별반 없다나 봐요.

그럴 게지 글쎄. 아 해서 좋을 양이면야 나라에선들 왜 금하며, 무슨 원수가 졌다고 잡아다가 징역을 살리나요?

좋고 유익한 것이면 나라에서 도리어 장려하고, 잘할라치면 상급도 주고 그러잖아요.

- 참섭 어떤 일에 끼어들어 간섭함.
- 아라사 러시아.
- 잘코사니 고소하게 여겨지는 일. 주로 미운 사람이 불행을 당한 경우에 하는 말이다.
- 내지 외국이나 식민지에서 본국을 이르는 말.
- 너끔하다 누꿈하다. 퍼지는 기세가 매우 심하다가 조금 누그러져 약해지다.

활동사진이며 스모며 만자이*며, 또 왓쇼왓쇼*랄지 세이레이 낭아시*랄지 라디오 체조랄지 이런 건 다 유익한 일이니까 나라에서 설도도 하고 그러잖아요.

나라라는 게 무언데? 그런 것 다 잘 분간해서 이럴 건 이러고 저럴 건 저러라고 지시하고, 그 덕에 백성들은 제가끔 제 분수대루 편안히 살도룩 애써주는 게 나라 아니요?

그놈의 것 사회주의만 하더라도 나라에서 금하들 않고 저희가 하는 대루 두어두었어 보아? 시방쯤 세상이 무엇이 됐을지…….

다른 사람들도 낭패 본 사람이 많았겠지만, 우선 나만 하더래도 글쎄 어쩔 뻔했어! 아무 일도 다 틀리고 뒤죽박죽이지.

내 희망과 계획은 이렇거든요.

우리 집 다이쇼가 나를 자별히* 귀여워하고 신용을 하니깐 인제 한 10년만 더 있으면 한밑천 들여서 따로 장사를 시켜줄 그런 눈치거든요.

그놈을 언덕 삼아가지고 나는 30년 동안, 예순 살 환갑까지만 장사를 해서 꼭 10만 원을 모을 작정이지요. 10만 원이면 조선 부자로 쳐도 천석꾼이니, 머 떵떵거리고 살 게 아니요?

• 만자이 만담. 두 사람이 익살스럽게 주고받으며 하는 이야기.
• 왓쇼왓쇼 일본 마을 축제의 하나.
• 세이레이 낭아시 일본 불교 행사의 하나.
• 자별히 남보다 특별하게.

그리고 우리 다이쇼도 한 말이 있고 하니까, 나는 내지인 규수 한테로 장가를 들래요. 다이쇼가 다 알아서 얌전한 자리를 골라 중매까지 서준다고 그랬어요. 내지 여자가 참 좋지요.

나는 조선 여자는 거저 주어도 싫어요. 구식 여자는 얌전은 해도 무식해서 내지인하구 교제하는 데 안됐고, 신식 여자는 식자가 들었다는 게 건방져서 못쓰고, 도무지 그래서 조선 여자는 신식이고 구식이고 다 제바리*여요.

내지 여자가 참 좋지 머. 인물이 개개 일짜로* 예쁘겠다, 얌전하겠다, 상냥하겠다, 지식이 있어도 건방지지 않겠다, 좀이나 좋아!

그리고 내지 여자한테 장가만 들 뿐 아니라 성명도 내지인 성명으로 갈고, 집도 내지인 집에서 살고, 옷도 내지 옷을 입고, 밥도 내지 식으로 먹고, 아이들도 내지 이름을 지어서 내지인 학교에 보내고……. 내지인 학교래야지 조선 학교는 너절해서 아이를 버려놓기 꼭 맞아요.

그리고 말도 조선말은 싹 걷어치우고 내지어만 쓰고요.

이렇게 다 생활 법식부텀도 내지인처럼 해야만 돈도 내지인처럼 잘 모으게 되거든요.

내 희망이며 계획은 이래서, 아 10만 원짜리 큰 부자가 바루 내

• 제바리 쩨바리. 쩨마리. 사람이나 물건 가운데서 가장 못된 찌꺼기.
• 일짜로 일자로. 한마디로.

다뵈고 그리루 난 길이 환하게 트이고 해서 나는 시방 열심으로 길을 가고 있는데, 글쎄 그 미쳐 살 마* 같은 놈들이 세상 망쳐버릴 사회주의를 하려 드니 내야 소름이 끼칠 게 아니라구요? 말만 들어도 끔찍하지!

세상이 망해서 뒤집히면 그래 나는 어쩌란 말이야? 아무것도 다 허사가 될 테니 그런 억울할 데가 있더람?

머 참 우리집 다이쇼 말이 일일이 지당해요. 여느 절도나 강도나 사기나 그런 죄는 도적이면 도적을 해가는 그 당장, 그 돈만 축을 내니까 오히려 죄가 가볍지만, 그놈의 것 사회주의인지 지랄인지는 온 세상을 뒤죽박죽을 만들어놓고 나라를 통째로 소란하게 하니까 도저히 용서할 수가 없대요.

용서라니! 나 같으면 그런 놈들은 모조리 쓸어다가 마구 그저 그냥…….

그런 일을 생각하면, 털어놓고 말이지 우리 아저씬지 그 양반도 여간 불측스러 뵈들 않아요. 사실 아주머니만 아니면 내가 무슨 천주학*이라고, 나쁜 병까지 않는 그 양반을 찾아다니나요. 죽는 대도 코도 안 풀어 붙일걸.

그러나마 전자의 죄상을 다 회개를 하고 못된 마음은 씻어버렸

---

* 마 일이 잘되지 아니하게 훼방을 놓는 요사스러운 장애물. 요사스럽고 못된 잡귀.
* 천주학 여기서는 '가톨릭교도'를 말함.

을 제 말이지, 머 개 꼬리 3년이라더냐, 종시 그 모양인걸요. 그러니깐 그가 밉깡머리스러워서*, 더러 들렀다가 혹시 마주 앉아도 위정* 뼈끝 저린 소리나 내쏘아 주고 말을 따잡아* 가지굴랑 꼼짝 못 하게시리 몰아세워 주군 하지요.

요전번에도 한번 혼을 단단히 내주었지요. 아 그랬더니 아주머니더러 한다는 소리가, 그 녀석 사람 버렸더라고, 아무짝에도 못 쓰게 길이 들었더라고 그러더라나요!

내 원, 그 소리를 듣고 하두 어처구니가 없어서!

대체 사람도 유만부동*이지, 그 아저씨가 날더러 사람 버렸느니 아무짝에도 못 쓰게 길이 들었느니 하더라니, 원 입이 몇 개나 되면 그런 소리가 나오는 구멍도 있누?

조선 벙어리가 다 말을 해도 나 같으면 할 말 없겠더구만서두. 하면 다 말인 줄 아나 봐?

이를테면 그게 명색 훈계 비슷한 거렸다? 내게다가 맞대놓고 그런 소리를 하다가는 되잡혀서* 혼이 날 테니까 슬며시 아주머니더러 일르란 요량이던 게지?

기가 막혀서……. 하느님이 인간 콧구멍 두 개로 마련하기 참

* 밉깡머리스럽다 밉깡스럽다. 보기에 매우 밉살스러운 데가 있다.
* 위정 '일부러'의 사투리.
* 따잡다 따져서 엄하게 다잡다.
* 유만부동 정도에 넘침. 또는 분수에 맞지 아니함.
* 되잡히다 되치이다. 어떤 일을 덮어씌우려다가 도리어 자기가 당하다.

다행이야.

글쎄 아무려면 내가 자기처럼 다 공부는 못 하고 남의 집 고조°
노릇으로, 반또(번두)° 노릇으로 이렇게 굴러먹을 값에, 이래 보여
도 표창을 두 번이나 받은 모범 점원이요, 남들이 똑똑하고 재주
있고 얌전하다고 칭찬이 놀랍고 앞길이 환히 트인 유망한 청년인
데, 그래 자기 눈에는 내가 버린 놈이고 아무짝에도 못 쓰게 길이
든 놈으로 보였단 말이지?

하하, 오옳지! 거참 그렇겠군. 자기는 자기 하는 짓이 옳으니까
남이 하는 짓은 다 글렀단 말이렷다?

그러니까 나도 자기처럼 그놈의 것 사회주의인지 급살° 맞을 것
인지나 하다가 징역이나 살고 전과자나 되고 폐병이나 앓고 다 그
랬더라면 사람 버리지도 않고 아무짝에도 못 쓰게 길든 놈도 아니
고 그럴 뻔했군그래!

흥! 참…….

제 밑 구린° 줄 모르고서 남더러 어쩌고저쩌고한다는 게 꼭 우
리 아저씨 그 양반을 두고 이른 말인가 봐.

그날도 실상 이랬다우. 혼을 내주었더니 아주머니더러 그런 소

• 고조 나이 어린 점원.
• 반또 고용인의 우두머리. 지배인.
• 급살 갑자기 닥쳐오는 재앙.
• 밑 구리다 숨기고 있는 범죄나 잘못 때문에 떳떳하지 못하다.

리를 하더란 그날 말이요.

그날이 마침 내가 쉬는 날이길래 아주머니더러 할 이야기도 있고 해서 아침결에 좀 들렀더니, 아주머니는 남의 혼인집으로 바느질을 해주러 갔다고 없고 아저씨 양반만 여전히 아랫목에 가서 드러누웠어요.

그런데 보니깐 어데서 모두 뒤져냈는지 머리맡에다가 헌 언문 잡지를 수북이 쌓아놓고는 그걸 뒤져요.

그래 나도 심심 삼아 한 권 집어 들고 떠들어 보았더니, 머 읽을 맛이 나야지요.

대체 조선 사람들은 잡지 하나를 해도 어찌 모두 그 꼬락서니로 해놓는지.

사진도 없지요, 망가도 없지요. 그러구는 맨판˚ 까달스런˚ 한문 글자루다가 처박아 놓으니 그걸 누구더러 보란 말인고?

더구나 우리 같은 놈은 언문도 그런대루 뜯어보기는˚ 보아도 읽기에 여간만 폐롭지가˚ 않아요.

그러니 어려운 언문하고 까다로운 한문하고를 섞어서 쓴 글은 뜻을 몰라 못 보지요. 언문으로만 쓴 것은 소설 나부랭인데 읽기

˚ 맨판 늘. 항상.
˚ 까달스럽다 까다롭고 어렵다.
˚ 뜯어보다 글에 서툴러서 겨우 이해하다.
˚ 폐롭다 성가시고 귀찮다.

가 힘이 들 뿐 아니라 또 조선 사람이 쓴 소설이란 건 재미도 없지요. 나는 조선 신문이나 조선 잡지하구는 담쌓고 남 된 지 오랜걸요.

잡지야 머 《킹구》나 《쇼넹구라부》 덮어먹을* 잡지가 있나요. 참 좋아요.

한문 글자마다 가나*를 달아놓았으니 어떤 대문을 척 펴 들어도 술술 내리읽고 뜻을 횅하니 알 수가 있지요. 그리고 어떤 대문*을 읽어도 유익한 교훈이나 재미나는 소설이지요.

소설 참 재미있어요. 그 중에도 기꾸지깡* 소설……. 어쩌면 그렇게도 아기자기하고도 달콤하고도 재미가 있는지. 그리고 요시까와 에이찌*, 그의 소설은 진찐바라바라*하는 지다이모노(시대물)인데 마구 어깻바람이 나지요.

소설이 모두 재미가 있지요, 망가가 많지요, 사진이 많지요, 그러구도 값은 좀 헐하나요. 15전이면 바루 고 전달 치를 사볼 수 있고, 보고 나서는 5전에 도루 파는데요.

잡지도 기왕 할려거든 그렇게나 해야지. 조선 사람들은 제엔장,

---

* 덮다 기세, 능력 따위에서 앞서거나 누르다.
* 가나 일본어를 적는 데 쓰이는 음절 문자인 히라가나와 가타카나.
* 대문 이야기나 글 따위의 특정한 부분.
* 기쿠치간 장편 통속소설을 주로 썼던 일본 소설가.
* 요시카와 에이지 역사소설에 뛰어났던 일본 소설가.
* 진찐바라바라 어떤 것이 양적으로 풍성하여 신이 난 모양새.

큰소리는 곧잘 하더구만서두 잡지 하나 반반한 거 못 맨들어내니!

그날도 글쎄 잡지가 그 꼴이라 애여 글은 볼 멋도 없고 해서 혹시 망가나 사진이라도 있을까 하고 책장을 후루루 넹기느라니깐 마침 아저씨 이름이 있겠지요! 하두 신통해서 쓰윽 펴 들고 보았더니, 제목이 첫 줄은 경제…… 무엇 어쩌꾸 쇠눈깔만씩 한 글자로 박아놓고 그 옆에다가는 사회…… 무엇 어쩌구 잔주*를 달았더군요.

그것만 보아도 벌써 그럴듯해요. 경제는 아저씨가 대학교에서 경제를 배웠다니까 경제 속은 잘 알 것이고, 또 사회는 그것 역시 사회주의를 했으니까 그 속도 잘 알 것이고, 그러니까 경제하고 사회주의하고 어떻게 서루 관계가 되는 것이며, 어느 편이 옳다는 것이며, 그런 소리를 썼을 게 분명해요.

머 보나 안 보나 빠안하지요. 대학교까지 가설랑 경제를 배우고도 돈은 모을 생각 않고서 사회주의만 하고 다닌 양반이라, 경제가 그르고 사회주의가 옳다고 우겨댔을 게니깐요.

아무렇든 아저씨가 쓴 글이라는 게 신기해서 좀 보아볼 양으로 쓰윽 훑어봤지요. 그러나 웬걸. 읽어먹을 재주가 있나요.

글자는 아주 어려운 자만 아니면 대강 알기는 알겠는데, 붙여보아야 대체 무슨 뜻인지를 알 수가 있어야지요!

* 잔주 큰 주석 아래에 더 자세히 단 주석.

속이 상하길래 읽어보자던 건 작파하고서 아저씨를 좀 따잡고 몰아셀 양으로 그 대목을 차악 펴놓았지요.

"아저씨!"

"왜 그러니?"

"아저씨가 여기다가 경제 무어라구 쓰구 또 사회 무어라구 썼는데, 그러면 그게 경제를 하란 뜻이요, 사회주의를 하라는 뜻이요?"

"뭐?"

못 알아듣고 뚜렛뚜렛해요˚. 자기가 쓰고도 오래돼서 다 잊어버렸거나, 혹시 내가 말을 너무 까다롭게 내기 때문에 섬뻑˚ 대답이 안 나왔거나 그랬겠지요. 그래 다시 조곤조곤 따졌지요.

"아저씨…… 경제란 것은 돈 모아서 부자 되라는 거 아니요? 그런데 사회주의란 것은 모아둔 부자 사람의 돈을 뺏어 쓰는 거 아니요?"

"이 애가 시방!"

"아—니, 들어보세요."

"너 그런 경제학, 그런 사회주의 어데서 배웠니?"

"배우나마나, 경제라는 건 돈 많이 벌어서 애껴 쓰구 나머지 모

˚ 뚜렛뚜렛하다 어리둥절하여 눈을 이러저리 굴리다.
˚ 섬뻑 곧바로.

아두는 게 경제 아니요?"

"그건 보통 '경제 한다'는 뜻으로 쓰는 경제고, 경제학이니 경제적이니 하는 건 또 다르다."

"다른 게 무어요? 경제는 돈 모으는 것이고, 그러니까 경제학이면 돈 모으는 학문이지요."

"아니다. 혹시 이재학*이라면 돈 모으는 학문이라고 해도 근리할지* 모르지만 경제학은 그런 게 아니다."

"아—니 그렇다면 아저씨 대학교 잘못 다녔소. 경제 못하는 경제학 공부를 5년이나 6년이나 했으니 그거 무어란 말이요? 아저씨가 대학교까지 다니면서 경제 공부를 하구두 왜 돈을 못 모으나 했더니, 인제 보니깐 공부를 잘못해서 그랬군요!"

"공부를 잘못했다? 허허. 그랬을는지도 모르겠다. 옳다, 네 말이 옳아!"

이거 봐요 글쎄. 담박 꼼짝 못 하잖나. 암만 대학교를 다니고 속에는 육조를 배반했어도* 그렇다니깐 뭐…….

"아저씨!"

"왜 그러니?"

• 이재학 경제 현상을 분석하고 연구하는 학문. 나라를 다스리는 데에 필요한 자금의 조달, 관리, 운용 따위에 대하여 연구하는 학문.
• 근리하다 이치에 거의 맞다.
• 육조를 배반하다 세상을 품다.

"그러면 아저씨는 대학교를 다니면서 돈 모아 부자 되는 경제 공부를 한 게 아니라 모아둔 부자 사람네 돈 뺏어 쓰는 사회주의 공부를 했으니 말이지요……."

"너는 사회주의가 무얼루 알구서 그러니?"

"내가 그까짓 걸 몰라요?"

한바탕 주욱 설명을 했지요. 내 얼굴만 물끄러미 올려다보고 누 웠더니 피쏙 한번 웃어요. 그러고는 그 양반이 하는 소리겠다요.

"그게 사회주의냐? 불한당이지."

"아―니, 그럼 아저씨두 사회주의가 불한당인 줄은 아시는구 려?"

"내가 왜 사회주의가 불한당이랬니?"

"방금 그리잖았어요?"

"글쎄, 그건 사회주의가 아니라 불한당이란 그 말이다."

"거 보시우! 사회주의란 것은 그렇게 날불한당이어요. 아저씨 두 그렇다구 하면서 아니시래요?"

"이 애가 시방 입심 겨룸을 하재나!"

이거 봐요. 또 꼼짝 못 하지요? 다 이렇대두 글쎄…….

"아저씨!"

"왜 그러니?"

"아저씨두 맘 달리 잡수시요."

"건 어떻게 하는 말이야?"

147

"걱정 안 되시우?"

"날 같은 사람이 걱정이 무슨 걱정이냐? 나는 네가 걱정이더라."

"나는 머 버젓하게 요량이 있는걸요."

"어떻게?"

"이만저만한가요!"

또 한바탕 주욱 설명을 했지요. 이야기를 다 듣더니 그 양반 한다는 소리 좀 보아요.

"너두 딱한 사람이다!"

"왜요?"

"……."

"아—니, 어째서 딱하다구 그러시우?"

"……."

"네? 아저씨."

"……."

"아저씨!"

"왜 그래?"

"내가 딱하다구 그리셨지요?"

"아니다. 나 혼자 한 말이다."

"그래두……."

"얘!"

“네?”

“사람이란 것은 누구를 물론허구 말이다, 아첨하는 것같이 더러운 게 없느니라.”

“아첨이요?”

“저— 위로는 제왕, 밑으로는 걸인, 그 모든 사람이 우선 시방이 제도의 이 세상에서 말이다, 제가끔 제 분수대루 살아가는 데 있어서 말이다, 제 개성을 속여가면서 생활에다가 아첨하는 것같이 더러운 것이 없고, 그런 사람같이 가련한 사람은 없느니라. 사람이란 건 밥 두 그릇이 하필 밥 한 그릇보다 더 배가 부른 건 아니니까.”

“그건 무슨 뜻인데요?”

“네가 내지인 여자와 결혼을 해서 성명까지 갈고 모든 생활 법도를 내지화하겠다는 것이 말이다.”

“네, 그게 좋잖아요?”

“그것이 말이다. 진실로 깊은 교양이나 어진 지혜의 판단에서 우러나온 것이라면 그도 함 직한 노릇이겠지. 그렇지만 내가 보매, 네가 그런다는 것은 다른 뜻으로 그러는 것 같다.”

“다른 뜻이라니요?”

“네 주인의 비위를 맞추고 이웃의 비위를 맞추고 하자고…….”

“그야 물론이지요! 다이쇼 신용을 받아야 하고, 이웃 내지인들하구두 좋게 지내야지요. 그래야 할 게 아니겠어요?”

"……."

"아저씨는 아직두 세상 물정을 모르시요. 나이는 나보담 많구 대학교 공부까지 했어도 일찍 고생살이한 나만큼 세상 물정은 모릅니다. 시방이 어느 세상인데 그러시우?"

"얘!"

"네?"

"네가 방금 세상 물정이랬지?"

"네."

"앞길이 환하니 틔었다구 그랬지?"

"네."

"환갑까지 10만 원 모은다구 그랬지?"

"네."

"네가 말하려는 세상 물정하구 내가 말하려는 세상 물정하구 내용이 다르기도 하지만, 세상 물정이란 건 그야말로 그리 문문한* 게 아니다."

"네?"

"사람이란 건 제아무리 날구뛰어도 이 세상에 형적* 없이 그러나 세차게 주욱 흘러가는 힘, 그게 말하자면 세상 물정이겠는데,

* 문문하다 만만하다.
* 형적 사물의 형상과 자취. 흔적.

결국 그것의 지배하에서 그것을 따라가지 별수가 없는 거다."

"네?"

"쉽게 말하면 계획이나 기회를 아무리 억지루 만들어놓아도 결과가 뜻대루는 안 된단 말이다."

"체! 아저씨두……. 요전 '킹구'라는 잡지에두 보니까, 나폴레옹이라는 서양 영웅이 그랬답디다, 기회는 제가 만든다구. 그리고 불가능이란 말은 바보의 사전에서나 찾을 글자라구요. 아 자꾸자꾸 계획하구 기회를 만들구 해서 분투·노력해 나가면 이 세상 일 안 되는 일이 어데 있나요? 한번 실패하거든 곱절 용기를 내가지구 다시 일어서지요. 칠전팔기* 모르시요?"

"나폴레옹도 세상 물정에 순응할 때는 성공했어도 그놈에 거슬리다가 실패를 했더란다. 너는 칠전팔기해서 성공한 몇 사람만 보았지, 여덟 번 일어섰다가 아홉 번째 가서 영영 쓰러지구는 다시 일지* 못한 숱한 사람이 있는 건 모르는구나?"

"그래두 인제 두구 보시우. 나는 천하없어두 성공하구 말 테니……. 아저씨는 그래서 더구나 못써요! 일해 보기두 전에 안 될 줄로 낙심 먼저 하구……."

"하늘은 꼭 올라가 보구래야만 높은 줄 아니?"

• 칠전팔기 일곱 번 넘어져도 여덟 번 일어남.
• 일다 일어나다.

원 마지막에 가서는 할 소리가 없으니깐 동*에도 닿지 않는 비유를 갖다가 둘러대는 것 보아요. 그게 어디 당한* 말인구? 안 올라가 보면 머 하늘 높은 줄 모를 천하 멍텅구리도 있을까?

그만해 두려다가 심심하길래 또 말을 시켰지요.

"아저씨!"

"왜 그래?"

"아저씨는 인제 몸 다 충실해지면 어떡허실려우?"

"무얼?"

"장차……."

"장차?"

"장차 어떡허실 작정이세요?"

"작정이 새삼스럽게 무슨 작정이냐?"

"그럼 아저씨는 아무 작정 없이 살아가시우?"

"없기는!"

"있어요?"

"있잖구."

"무엇인데요?"

"그새 지내오던 대루……."

---

* 동 말이나 글 또는 일이나 행동에서 앞뒤가 들어맞는 것.
* 당하다 사리에 마땅하거나 가능하다.

"그러면 저 거시키 무엇이냐, 도루 또 그걸?"

"그렇겠지."

"……."

"……."

"아저씨?"

"왜 그래?"

"인제 그만두시우."

"그만두라구?"

"네."

"누가 심심소일*루 그리는 줄 아니?"

"그러잖구요?"

"……."

"아저씨?"

"……."

"아저씨?"

"왜 그래?"

"아저씨 올에 몇이지요?"

"서른셋."

"그러니 인제는 그만큼 해두고 맘 잡아서 집안일 할 나이두 아

* 심심소일 심심풀이로 어떤 일을 하며 시간을 보냄. 또는 그런 일.

니요?"

"집안일은 해서 무얼 하나?"

"그러기루 들면 그 짓은 해서 또 무얼 하나요?"

"무얼 하려구 하는 게 아니란다."

"그럼, 아무 희망이나 목적이 없으면서 그래요?"

"목적? 희망?"

"네."

"개인의 목적이나 희망은 문제가 다르니까. 문제가 안 되니까."

"원, 그런 법도 있나요?"

"법?"

"그럼요!"

"법이라……."

"아저씨?"

"……."

"아저씨?"

"왜 그래?"

"아주머니가 고맙잖습디까?"

"고맙지."

"불쌍하지요?"

"불쌍? 그렇지, 불쌍하다면 불쌍한 사람이지!"

"그런 줄은 아시누만?"

"알지."

"알면서 그러시우?"

"고생을 낙으로, 그놈 쓰라린 맛을 씹고 씹고 하면서 그놈에서 단맛을 알아내는 사람도 있느니라. 사람도 있는 게 아니라, 사람마다 무슨 일에고 진정과 정신을 꼬박 거기다가만 쓰면 그렇게 되는 법이니라. 그러니까 그쯤 되면 그때는 고생이 낙이지. 네 아주머니만 두고 보더라도 고생이 고생이면서도 고생이 아니고 고생하는 게 낙이란다."

"그렇다고 아저씨는 그걸 다행히만 여기시우?"

"아—니."

"그렇거들랑 아저씨두 아주머니한테 그 은공 더러는 갚아야 옳을 게 아니요?"

"글쎄, 은공을 모르는 건 아니지만……."

"그러니 인제 병이나 확실히 다 나으신 뒤엘라컨*……."

"바빠서 원……."

글쎄 이 한다는 소리 좀 보지요? 시치미 뚜욱 떼고 누워서 바쁘다는군요!

사람 속 차릴 여망* 없어요. 그저 어데루 대나 손톱만치도 쓸

• -ㄹ라컨 조사 '-는'의 힘줌말.
• 여망 아직 남은 희망. 앞으로의 희망.

모는 없고 남한테 사폐*만 끼치고 세상에 해독만 끼칠 사람이니, 머 하루바삐 죽어야 해요. 죽어야 하고 또 죽어서 마땅해요. 그런데 글쎄 죽지를 않고 꼼지락꼼지락 도루 살아나니 성화*라구는, 내…….

《동아일보》(1938년 3월 7일에서 14일)에 실린 작품을 바탕으로 함.

* 사폐 남한테 끼치는 괴로움.
* 성화 일 따위가 뜻대로 되지 아니하여 답답하고 애가 탐.

작품 이해하기

이 소설은 1938년 3월 7일에서 14일까지 《동아일보》에 연재된 소설이다. 사회주의 운동을 하다가 옥살이를 하고 나온 아저씨의 삶을 신빙성 없는 서술자인 조카 '나'의 눈으로 서술하고 있다.

일제강점기의 사회상을 잘 반영하고 있는 이 소설에서 가장 주목되는 것은 서술자이다. 대체로 소설의 서술은 서술자의 말과 작중인물의 말로 이루어진다. 서술자의 말은 묘사와 서술로 표현되고, 작중인물의 말은 대화로 표현된다. 그런데 이 소설은 이러한 서술의 기본을 무시하는 서술로 진행된다. 작중인물인 '나'의 독백을 암시된 청자가 듣는 형식으로 이야기를 풀어간다. 그래서 풍자적인 소설 내용도 중요하지만, 왜 서술자의 독백으로 이야기를 풀어나가는지를 알아가는 것이 이 소설의 매력을 찾는 일이다.

서술자인 '나'는 자신의 확고한 소신에 따라 자신과 대립적 위치에 있는 지식인 '아저씨'를 비판하고 공격한다. '나'는 자신의 시각과 이익에 따라서만 세계와 인물을 보기 때문에 이야기의 관점과 세계 인식이 제한되고 편향적이다. 그래서 논평 또한 매우 주관적이며 사적인 심경의 토로도 노골적이다. 그런데도 '나'의 서술이 친숙한 느낌을 주는 이유는 '해요체'로 이야기하며, 가상의 청자에게 동조를 구하는 형식을 취하기 때문이다. 또한 사적인 담화 분위기를 조성하여 공감력과 호소력을 높인다.

겉으로 보면 이 소설의 주인공은 서술자인 '나'이다. '나'는 사회주의 운동을 하다가 투옥된 '아저씨'가 출옥하여 가난한 신세를 면치 못하는 비극적 현실을 조롱하고 풍자한다. 그래서 제목도 '치숙'이다. '치숙'이라는 말은 국어사전에 나오지 않는다. 한자를 합성하여 만든 말이다. '치'는 어리석다는 뜻이고, '숙'은 아저씨라는 뜻이다. 그러니까 치숙은 어리석은 아저씨, 즉 '바보 당숙'이라는 뜻이다. 그런데 그 내용이 다분히 반어적이다. 표면적으로 보면 서술자인 '나'의 이야기가 옳은 듯하다. 그러나 '나'는 당대의 현실을 객관적으로 파악하지 못하고 있으며, 심지어 은근히 일본 사람으로 동화되기를 바란다. 내지인 처를 얻고 내지인 성명을 갖고 모든 생활 법도를 내지인화할 계획을 가지고 있다.

이에 반해 '아저씨'는 당시의 사회가 안고 있는 구조적인 모순을 개혁하고자 하는 사람이다. '아저씨'는 자신의 이상을 수용해 주지 않는 그 시대의 희생물이다. 그는 사회주의자이다. 사회주의를 고수하는 한 그는 돈도 벌 수 없으며 자기의 지식을 사회에 환원할 수도 없다.

이런 '아저씨'를 서술자인 '나'는 끊임없이 조롱한다. 그런데 그 조롱은 그대로 자신에게 돌아간다. 자신의 얄팍한 서술은 부메랑이 되어 자신에게 돌아온다. '나'는 끊임없이 '아저씨'를 조롱하지만 실제로 조롱을 받는 사람은 '나'이다. 이 반어가 이 소설 풍자의 중심이 된다. 그래서 이 소설의 내면적 주인공은 '아저씨'이다.

작품 깊이읽기

한번 맛을 들이면 끊지 못하는 아편 같은 것

이 소설에서 사회주의는 정상적으로 언급되지 않는다. 사회주의를 처음 거론할 때는 '거시키', '무엇'으로 표현되다가 뒤에 가서는 '그놈의 짓', '그놈의 것' 등으로 변주된다. 그러다가 '아편'으로 비유된다. 이 사회주의는 뒤로 가면 '생날불한당 놈의 짓', '세상 망쳐버릴 사회주의', '그놈의 것 사회주의인지 지랄인지', '사회주의인지 급살 맞을 것인지' 등으로 변주된다. 이렇게 작가는 사회주의에 대한 '나'의 부정적 시각을 강하게 표현하여 그에 대한 혐오와 경멸을 드러낸다.

사회주의자인 '아저씨'는 '나'의 이런 이야기에 이의를 제기하면서도 적극적으로 나서서 '나'의 이야기를 비판하지 않는다. '나'가 경제와 사회주의의 관계를 오해하며 이야기해도 '아저씨'는 최소한의 반응만을 보이는 소극적 태도로 응수한다.

적극적인 '나'와 소극적인 '아저씨'. 겉으로는 '나'의 승리인 것처럼 보인다. 그러나 이 소설을 읽는 독자들은 '나'의 이야기에 동의하지 않는다. '나'와 '아저씨'는 연령, 생활 환경, 교육 정도, 의식 등의 격차가 크다. 이 격차와

이질성을 통해 풍자와 반어를 강화한다.

미쓰꼬시, 다이쇼, 스모, 만자이, 킹구, 지다이모노, 망가

이 소설의 서술자는 일본어나 일본식 영어, 일본식 한자어를 많이 사용한다. 어쩌면 '나'는 일제강점기에 태어나 일본어를 국어로 알고 공부한 사람일 것이다. 그러다 보니 '나'는 일본이 새로운 문명을 받아들여 개화한 사람들이라는 생각을 가졌을 것이다. 그래서 '나'는 자연스럽게 일본식 표현이 더 편하고 더 우월하다고 생각한다. 이를 풍자하기 위해 작가는 '나'에게 끊임없이 일본식 표현을 쓰게 한다. 작가는 이를 통해 '나'의 일본 지향성, 물질주의, 쾌락주의, 과시욕과 허영 등을 드러내는 요소로 활용한다.

또한 '나는 조선 신문이나 조선 잡지하고는 담쌓고 남 된 지 오랜걸요. 잡지야 머 킹구나 쇼넹구라부 덮어먹을 잡지가 있나요.'라고 하며 조선의 것들에 대해 거부 또는 혐오를 드러낸다. '킹구'는 영어 'King'의 일본식 발음이다. 이 잡지는 연령, 성별, 직업, 계급에 관계없이 읽을 수 있는 일본의 대표적 오락 잡지이다. '쇼넹구라부'는 '소년구락부', 즉 '소년 클럽'이라는 뜻을 가진 아동 잡지이다. 이 두 잡지의 공통점은 통속적이고 대중적인 오락잡지인 것이다. '나'는 이런 잡지 정도만 읽을 수 있는 수준이다. 교양 잡지나 학술 잡지, 전문 잡지를 읽을 수준이 안 된다. 작가는 일본어의 남용과 잡지 이야기를 통해 '나'의 가치관과 지적 수준을 풍자하고 있는 것이다.

나와 치숙

'나'는 보통학교 4년을 마치고 일인 상점의 모범 점원을 한다. '나'는 식민지 도시 서울에서의 생활이 만족스럽다. 문명개화한 서울에서 희망찬 하루하루를 살아가는 것이 만족스럽다. 이런 '나'에게 이해할 수 없는 인물이 사회주의자 지식인 오촌 당숙이다. '나'는 오촌 당숙이 마땅치 못하다. 그래서 오촌 당숙을 '치숙'이라고 부른다. 결코 어리석지 않은 아저씨를 치숙이라고 부르는 데서 풍자가 시작된다.

'나'는 식민지 자본주의의 허구성을 비판할 능력이 전혀 없다. 이런 '나'의 독백은 비판적인 독자들에게 현실을 분노하고 각성하도록 유도한다. 식민지 치하에서 살아가는 도시 지식인의 고뇌를 표현하기 위해, 이에 대립하는 '나'를 서술자로 앞세운 것이다.

서술자 '나'

이 소설의 서술자는 '나'이다. '나'는 아저씨, 아주머니, 그리고 자신의 이야기를 구구절절이 풀어놓는다.

처음부터 '나'는 아주 친근한 말투인 '해요체'를 통해서 이 소설을 읽는 사람들에게 이야기를 들려준다. 가끔 질문도 하고, '아따, 거시기, 머, 글쎄, 원, 아, 아니' 등의 말투로 이 소설을 읽는 사람들을 집중하게 만든다. 처음에는 '나'의 이야기만 하다가 중간 부분부터는 아저씨와의 대화를 통해 바로 눈앞에서 일어나는 것처럼 이야기를 풀어간다. 이는 판소리의 화자가 관

객들에게 판소리를 들려주는 듯한 느낌을 준다.

서술자 '나'의 이러한 서술은 채만식 소설에 많이 드러나는 서술 방식이다. 서술자의 이러한 들려주기 방식은 이야기의 전달력을 높이며, 판소리처럼 직접 듣는 듯한 현장성이 두드러지며 친숙한 분위기를 조성한다.

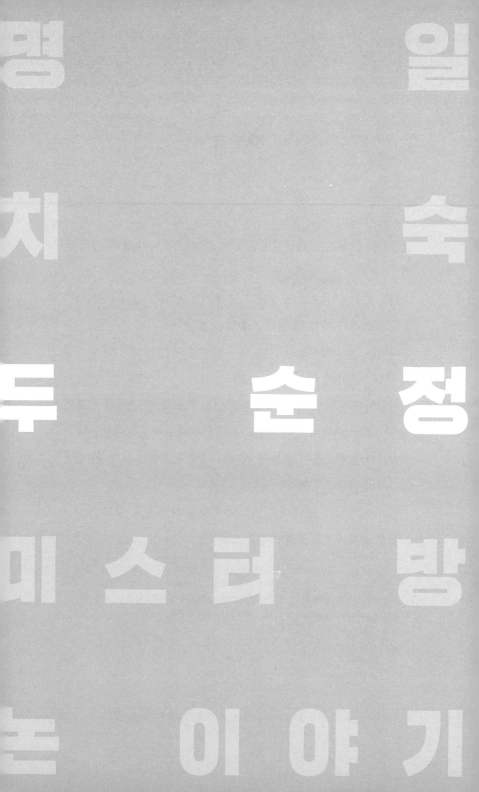

두 순정

산중이라 그렇기도 하겠지만 절간의 밤은 초저녁이 벌써 삼경°인 듯 깊다.

윗목 한편 구석으로 꼬부리고 누워 자는 상좌°의 조용하고 사이 고른 숨소리가 마침 더 밤의 조촐함을 돕는다.

바깥은 산비탈의 참나무숲, 쏴아 때때로 이는 바람이 한참 제철 진 낙엽을 우수수 날려 흩트린다.

바람이 지나가고 나면 이어 어디선지 모르게 싸늘한 찬 기운이 방 안으로 스며들어 등잔의 들기름불을 위태로이 흔들어놓는다.

가느다란 등잔불이 흔들릴 때마다 아랫목 벽에는 노장°의 검은 그림자가 커다랗게 얼씬거린다.

이야기를 시초°만 내다가 말고서 합장을 하고 눈을 감고 앉았는 노장은 언제까지고 움직일 줄을 모른다.

* 삼경 하룻밤을 오경(五更)으로 나눈 셋째 부분. 밤 11시에서 새벽 1시 사이.
* 상좌 절의 주지나 윗사람이 앉는 자리. 여기서는 그런 사람을 가리킴.
* 노장 늙은 승려.
* 시초 맨 처음.

머리는 곱게 밀어 맨살같이 연하다. 수굿이 숙인 그 머릿결 없는 머리와 이마 위로는 무엇인지 모를 슬픔이 흐르는 듯 드리워 있다.

하얗게 센 눈썹이 갖다 붙인 것 같다. 길기도 길어 한 치는 넉넉 되는 성부르다*.

은실을 심은 듯 고운 수염이 그리 터북하지* 않아서 더욱 해맑다.

얼굴은 가는 주름살이 골고루 덮이고 티끌 하나 없이 몹시도 청아하다*. 그 청아한 품이 지나치게 잘 그린 그림같이, 방금 숨을 쉬는 산 사람의 얼굴인가 싶질 않다.

그렇거니 하고 보노라면 어쩌면 숨도 하마* 쉬지 않느니라 싶어진다. 숙인 이마, 감은 눈, 합장한 손, 모두 저 오랜 옛적부터 이렇게, 그리고 앞으로 영겁*까지 이렇게 이마를 숙이고 눈을 감고 손을 합장하고 앉았을 한 폭의 슬픈 그림이 아니던가 하는 환각을 일으킬 듯 정적의 한동안이 계속되고 있다. 나는 혼자 어떤 내력 모를 비극의 전설을 눈으로 보는 것 같은 이 노승의 그렇듯 비애가 흐르는 정적의 풍모에만 온갖 정신이 쏠려, 그가 꺼내다가 만

* 성부르다 앞말이 뜻하는 상태를 어느 정도 느끼고 있거나 짐작함을 나타내는 말.
* 터북하다 터부룩하다. 수북하다.
* 청아하다 속된 티가 없이 맑고 아름답다.
* 하마 행여나. 어쩌면.
* 영겁 영원한 세월.

이야기 끝을 기다리기도 잊어버렸다.

얼마를 그러고 있었는지 모른다.

이윽고 노장의 입술이 가느다랗게 움직이면서 소리도 들릴락 말락,

"나아무아미타아불 관세음보살!"

말은 염불이나 음성은 탄식하듯 하염없다.

"어서 지무실걸!"

노장은 합장했던 손을 내리고 조용히 눈을 뜨다가 나를 보고 혼잣말하듯 중얼거린다. 주인 된 인사상이겠지, 눈초리와 입가로 미소가 드러난다.

"네, 아직 졸리지두 않구, 그리구⋯⋯."

나는 아닌 변명을 하면서 아주 웃는 걸로 무료함을 껐다.

"또⋯⋯ 하시던 이야기두 마저 듣구 싶어서⋯⋯."

"허허, 그만 이야기가 무어 그리 들음 직한 게 있다구⋯⋯."

"아니, 재미있습니다. 어디 그다음을 마저 좀⋯⋯."

"허허, 재미가 무슨⋯⋯. 정 듣고자 하시면 하기는 하리다마는, 나두 원 들은 지가 하두 오래서⋯⋯."

노장은 아까 맨 처음에 하던 변명을 또 하고 있다. 이야기가 자기의 소경사*가 아닌 양으로 하자 함이다.

---

* 소경사 겪어 지내온 일.

실상 오늘 우연히 유산(遊山)˚을 나왔던 길인데, 다른 일행은 아래 절에서 유하고˚ 있고, 나는 전부터 이곳에 이상한 노승이 있다는 말을 들었던 터라 위정 혼자만 이 암자를 찾아 올라와서 시방 그로 더불어 하룻밤을 지내게 된 것이다.

"게, 그래서…… 가만있자, 내가 어디까지 이야기를 했던가? 아, 오옳지. 응……."

노장은 잊었던 이야기 끝을 찾아냈대서, 머리 없는 머리를 끄덕끄덕한다.

"게, 그래서…… 색시는 밤이 이슥하두룩 졸린 것을 참고 앉아서 바느질을 하다가…… 그러자니 촌 농갓집 며느리로, 새벽 어둑어둑하면 일어나서 소물˚을 쑨다, 세 때 끼니를 해 치룬다, 빨래질 다듬질을 한다 하느라고…… 겨울이라 다른 일은 없다지만 온종일 오죽이나 몸이 고되며, 그러니 밤이면 오죽이나 졸립겠소? 그런 걸 눈을 쥐어뜯구 참어가면서 꾸벅꾸벅 졸아가면서……."

이렇게 이야기를 하고 앉았는 노장은 눈앞에 그 이야기의 환영을 보는 듯 고개를 들어 우두커니 한눈을 팔면서 하는 말소리는 꿈같이 고요하다.

이어서 이야기는 다음같이 풀려나간다.

˚ 유산 산으로 놀러 다님.
˚ 유하다 어떤 곳에 머물러 묵다.
˚ 소물 소여물. 말린 짚이나 풀 같은, 소에게 줄 먹이.

색시가 그렇게 밤이 깊도록 기다리고 있노라면 이슥해서야 겨우겨우 이웃집 글방에서 글 읽는 소리가 그친다.

색시는 얼른 방문 소리, 기침 소리를 연달아 내면서 사립문께로 나간다. 그때면 벌써 사립문 밖으로 쿵쿵쿵 어린 새서방 봉수가 급하게 뛰어오다가, "어머니!" 하고 외쳐 부른다.

언제고 이렇게 부르는 것이지만, 실상 모친이나 부친을 찾는 것이 아니요, 거기에 제네 색시가 기다리고 있는 줄 알면서, 부를 수 없는 색시 대신 어머니라고 부르던 것이다.

부르는 소리에 대답하듯 색시가 기침을 하면서 지친* 사립문을 열라치면, 봉수는 반갑다고 한걸음에 뛰어들어 색시 앞에 가 우뚝, 어둠 속에서도 배시시 웃는다.

색시도 웃는다.

색시가 사립문을 잠글 동안 봉수는 기다리고 섰다가 둘이 같이 서 앞서거니 뒤서거니 제네들 방으로 들어온다.

이렇게 비둘기 한 자웅처럼 쌍 지어 노는 색시와 새서방이라고는 하지만…… 색시는 스물한 살, 새서방은 열두 살. 그러니 모자간이라면 좀 무엇하겠고, 그저 헴든* 누이와 어린 오랍동생* 같은 사이이다.

---

* 지치다 문을 잠그지 않고 닫아만 두다.
* 헴들다 철들다.
* 오랍동생 여자가 남에게 대하여 자기의 사내 동생을 이르는 말.

168

색시는 새서방 봉수를 꼬옥 오랍동생한테 하듯 귀애하고 새서방 봉수는 어머니를 제쳐놓고 어머니한테 따르듯 색시를 따른다. 봉수는 밖에 나갔다가 돌아와서 모친은 눈에 안 띄어도 그만이지만, 색시가 없든지 하면 단박 시무룩해 가지고 찾는다.

이렇게 둘이는 부부간의 정이 들기 전에 그것을 건너뛰어 의좋은 동무, 정다운 오뉘가 되었던 것이다.

방으로 들어서기가 바쁘게 봉수는 노오랑 초립˚과 빨강 두루마기를 홀러덩홀러덩 벗어 내던진다.

색시는 그것을 일일이 집어서 갓집과 횃대˚에다가 넣고 걸고 한다.

"망건˚은 안 벗구?"

색시는 벌써 눈에 졸음이 가득한 새서방을 갸웃이 들여다보면서 웃는다.

"응…… 참, 아이 졸려!"

새서방은 눈을 시일실˚ 감으면서 커다란 상투가 올라앉았는 머리로 조그마한 손이 올라간다.

"내가 벳겨주어?"

˚ 초립 예전에, 주로 어린 나이에 혼례를 하여 상투를 튼 사람이 쓰던 갓.
˚ 횃대 옷을 걸 수 있게 만든 막대.
˚ 망건 상투를 튼 사람이 머리카락을 걷어 올려 흘러내리지 않도록 머리에 두르는 그물처럼 생긴 물건.
˚ 시일실 실실. 스르르. 눈을 슬며시 감거나 뜨는 모양.

"응."

좋라고 새서방은 색시의 무릎에 엎드린다. 색시는 망건을 사
알살 벗기기 시작한다.

"이애기…… 응?"

새서방은 색시의 무릎에 엎드려 망건을 벗기면서 고담*을 조른
다.

"아이! 졸려서 곤드레만드레허믄서* 이애기를 해달래?"

"그래두…… 이애기 해주어예지 머……."

"가만있어 그럼. 내 망건 갖다가 걸구, 잘 누어서 이애기해 주
께, 응?"

"응."

색시는 벗긴 망건을 걸고 와서 새서방을 아랫목으로 뉘고 이불
을 덮어주고, 저도 한 가닥으로 허리를 가리고 그 옆에 가 드러눕
는다.

새서방은 모로 돌아누워 이야기를 기다린다.

"저어 옛날에에에, 저어……."

"응."

"아이! 하두 해싸서 인전 할 이애기가 있어예지. 어떡허나?"

---

* 고담 예전부터 전해져 내려오는 이야기.
* 곤드레만드레하다 술이나 잠에 몹시 취해 정신을 차리지 못하고 몸을 못 가누다.

"호랭이 이애기……."

"호랭이 이애기는 백 번두 더 한걸!"

"그래두……."

"가만있어, 그럼 내 호랭이 이애기는 아니라두 재미있는 이애기 하나 허께, 응?"

"응."

"저어 옛날에 쬐꼬만한 새서방허구 커어다란 색시허구……."

"이잉 싫다, 이잉……."

새서방은 저를 빗대놓고 무슨 이야기를 지어서 하려는 줄 알고 지레 방색˙을 한다.

"하하하. 아이참, 쬐꼬만한 새서방이라믄 왜 그렇게 질색을 허꼬!"

"해해……."

"하하."

"아, 가만있어! 요게 무어야?"

새서방은 색시가 웃는 볼로 옴폭하니 패는 보조개를 손가락으로 꼭 누른다. 오늘 밤 처음 본 것은 아니지만 오늘 밤에야말로 그것이 퍽 좋아 보였던 것이다.

"인전 그만 불 끄구 자, 응?"

˙ 방색 무엇을 하지 못하게 막음.

"이애기는?"

"내일 저녁에 해주께."

"시방……."

"어쩌나…… 그럼…… 저 옛날에……."

색시는 아무거나 되는 대로 둘러대서 호랑이 이야기를 한다.

새서방은 동화를 들으면서 미처 다 듣지도 않고 스르르 잠이 든다.

색시는 이불을 여며 주고 다독거려 주고 하면서 무심코 새서방의 자는 얼굴을 들여다본다.

눈에 익은 나무 같아 안 자라는 성불러도 이태지간에 퍽 자라기는 자란 셈이다.

키도 자랐거니와 헴도 들고…….

재작년 섣달에 시집을 왔으니까 꼬박 이태다. 그때는 새서방의 나이 열 살. 정말로 애기여서 밤이면 자다가 엄마를 부르고 울기도 가끔 했고, 언젠가는 오줌도 쌌었다.

조금만 제 비위를 맞추어 주지 않으면 울고 안방으로 달려가서 일러바치고, 그 끝에는 으레껏 시어머니한테 걱정을 듣게 하고…….

그러던 것이 시방은 따르는 것도 따르는 것이거니와 도리어 제네 어머니를 가지고 색시한테 이르게끔 되었으니, 그만해도 철이 났다고 할는지.

역시 그해 그 겨울, 섣달 대목*이 임박해서다.

시부모는 겨울이라 농사일도 별반 바쁠 게 없고 하니 봄이 되기 전에 며느리를 친가로 보내기로 했다.

재작년에 혼인을 했으니 햇수로는 3년이여. 3년이면 근친*도 보낼 때다. 그러니 기왕 보낼 바이면 명절도 제네 친가에 가서 쇠게 할 겸 그믐 전으로 보내는 게 좋겠다고, 그래 모레 글피로 아주 날을 받고 부랴부랴 서두르기를 시작했다.

새며느리의 첫 근친이라면 하기야 혼인 잔치 못지않게 이바지*를 차려야 하는 것이지만, 가난한 촌 농가에서 어디 그런 격식을 갖게 차릴 수는 없는 노릇. 그저 흰떡이나 한 말 하고, 인절미나 한 말 하고, 도야지 다리에 닭이나 한 마리하고, 엿이나 좀 고고, 술이나 한 병하고, 이것이다.

이래서 집안이 갑자기 바싹 바빴는데, 새서방 봉수는 대목이니까 설 차림인 줄 심상히 알았다. 바로 그날 저녁.

여느 때처럼 글방에서 늦게 돌아와 자리에 누운 새서방 봉수는, 역시 여느 날 밤처럼 옆에 나란히 누운 색시더러 이야기를 조른다.

색시는 요새로는 저녁마다 그 이야기를 대기에 밑천이 달려 적잖은 걱정거리다.

• 대목 설이나 추석 등의 명절을 앞둔 시기.
• 근친 시집간 딸이 친정에 가서 부모를 뵘.
• 이바지 정성을 들여 음식 같은 것을 보내 줌. 또는 그 음식.

"저어, 옛날에에에……."

색시는 이렇게 시초만 내놓고 까막까막 생각하다가 언뜻 좋은 이야깃거리가 생각이 났다.

"아이참, 나 말이여, 응?"

"응?"

"저어 모레 글피, 응? 저어 우리집에 갔다 오께. 응?"

"우리집? 저어기 재 너머 쇠꼴? 이잉 싫다, 잉."

"호호호, 어쩌나…… 그래두 꼭 가야 하는 법인걸? 어머니, 아버지가 갔다 오라구 해서 가는걸?"

"그래도 난 몰라…… 머."

"그리지 말구, 응! 내 가서 꼬옥 한 달만 있다가 오께. 이얘기두 많이 배워가지구 오구……."

"싫다 잉…… 한 달, 머 서른 밤이나 머 자구 와?"

색시는 아닌 게 아니라 속으로 딱하기는 했다. 시집을 왔으면 이태고 3년 만에 내남없이* 으레껏 한 번씩은 근친을 가는 법. 그래서 시부모도 시키는 노릇이고, 시키는 노릇이어서 마지못해 하는 게 아니라 시켜주기를 까맣게 기다리던 즐거운 한때다.

그러니까 즐거운 마음으로 가기는 가는 것이지만, 그대도록 따르던 새서방을 비록 한두 달일망정 떼어놓고 혼자 가서 있자니 두

* 내남없이 나와 다른 사람이나 모두 마찬가지로.

174

루 안된 게 한두 가지가 아니다.

　밤으로 글방에서 돌아올 때면 누가 나서서 맞아주며, 그 밖에 아침저녁의 잔시중은 누가 들어준단 말이냐.

　어머니가 없는 것이 아니나, 암만해야 그새처럼 색시 제가 해주 듯이 마음에 들도록 살뜰히 해줄까 싶질 않다.

　이렇게 생각을 하면 근친이고 무엇이고 다 그만두었으면 싶기도 하다.

　그러나 맘대로 그만둘 수도 없는 일이거니와, 가령 저 혼자는 그만두자고 한다더라도 시부모한테 뻐젓이 내세울 말이 없다.

　그렁저렁 색시는 마음이 민망하여 속을 질정하지* 못한 채, 새서방 봉수는 그날 밤부터 이짐*이 나 가지고 뿌루퉁한 채 근친 떠나는 날이 되었다.

　새서방은 필경 고집이 터져, 글방에도 안 가고 울어대다가 저의 부친한테 매를 맞았다.

　매는 맞았어도 속에 맺힌 노염이야 풀릴 이치가 없이 종시 시무룩하고, 한편 구석으로 비켜서서 색시가 떠나는 눈치만 본다.

　색시는 마음에 걸려 몇 번이고 뒤를 돌아보면서 내키지 않는 길을 떠났다. 떠나기 전에 아무도 안 보는 조용한 틈을 타서, 인제

---

* 질정하다 갈피를 잡아서 분명하게 정하다.
* 이짐 고집이나 떼.

글방이 파접하거든˚ 설에 어머니 아버지더러 말씀하고 꼬마둥이나 앞세우고서 오라고 달래기는 했으나, 새서방은 울먹울먹 대답도 안 했다.

색시의 뒷그림자가 멀어지자, 새서방은 사립문 밖으로 나서서 손가락을 입에 물고 바라다본다. 이바지 고리짝을 진 꼬마둥이가 앞을 서고 뒤에는 색시와 또 하나 안동해˚ 보내는 동리의 일갓집 아주머니가 나란히 들판을 건너가고 있다. 분홍 저고리에 갈매옥색 치마를 입고 시방 저리로 까맣게 멀리 가는 색시 얼굴이 눈앞에 어른어른한다.

해죽이 웃고, 웃으니까 볼에 옴폭 보조개가 팬다.

방금 떠나갔는데 자꾸만 보고 싶다. 보고 싶은데 자꾸만 멀어간다. 멀어가는 그것이 어쩌면 색시가 영영 가버리는 것이나 아닌가 싶어진다.

그 생각을 하니 그만 안타까워 몸부림이라도 치고 울었으면 시원할 것 같다.

저 벌판을 다 건너 다시 그 앞을 막고 섰는 산을 넘어서 또 조금만 가면 처갓집인 줄은 안다.

그러나 그것은 제가 장가를 갈 때와 또 그 뒤에 한 번 가본, 제

• 파접하다 글을 짓거나 책을 읽는 모임을 마치다.
• 안동하다 사람을 데리고 함께 가거나 물건을 지니고 가다.

176

기억이 아니라 색시가 노상 손을 들어 가르쳐주던 말일 따름이다. 그러니까 색시가 한 그 말대로 그렇거니 하기만 했지, 어디로 어떻게 가는 게 그 길인 줄은 모른다.

가든 안 가든, 가는 길도 모르는 것이 봉수는 더욱 안타까웠다.

시방이면 아직은 보이니까 쫓아가면 갈 것도 같다.

부르면서…… 무어라고? 어머니라고 부르면 알아들을걸…… 어머니, 부르면서 쫓아가면 거기 서서 기다려 줄걸…….

곧 뛰어가고 싶다. 다리가 움칫거린다. 저어기 시방 가고 있는, 분홍 저고리에 갈매옥색 치마를 입은 색시가 돌아서서 웃고 기다리고, 그럴라치면 얼른 집으로 가자고 데리고 오고…….

어느 결에 눈물이 흐르는 것도 몰랐다.

사흘 뒤에 봉수의 부모는 할 수 없이 봉수를 아내가 가서 있는 처가로 보내기로 했다.

울고 이짐을 부리고 할 때에는 매질을 해서 다스렸지만, 그저 시무룩하니 풀이 죽어가지고 있는 것은 애처로워 볼 수가 없다. 그러나마 자식이라고는 그것 하나밖에 없는 외아들.

외아들이기 때문에, 농투성이*의 터수*에 그래도 장차 생일이야 해먹을 값에, 제 성명 석 자나마 알아보고 쓰고 하라고 글방에도

---

* 농투성이 농부.
* 터수 살림살이의 형편이나 정도.

보내어 《통감》 권이라도 읽히던 것이고.

그러나 그렇기 때문에 글방이 내일모레면 파접이 될 것도 상관 않고 '하루 이틀 덜 다닌다고 무슨 그리 우난* 공부래서 밑질 게 있을까 보냐'고 생각난 길에 그날로 보내기로 한 것이다.

봉수는 처가에, 처가가 무엇인지는 몰라도 색시한테를 가라는 말만 듣고도 기운이 나서 날뛰었다.

사실 그는 색시가 없고 나니 아무 재미도 없고 모두 불편하기만 했다.

밤에 글방에서 돌아오면서 두 번 세 번 어머니를 불러야만 겨우 대답하고, 그거나마 사립문께까지 나온 것도 아니요 겨우 방에서 그런다.

이래저래 짜증이 나서 소리소리 어머니를 쳐부르면, 아버지가 '저놈은 다 자란 놈이 장가를 가서 남 같으면 아이를 낳을 놈이 생 얼뚱애기*로 응석만 한다'고 나무람을 한다.

마지못해 어머니 옆으로 가야, 옷도 받아서 걸어주지 않고 이야 기는 물론 해주지도 않는다.

자다가 요강을 찾아야 얼른 대주지도 않는다. 그래서 자다가 깼 을 때에는…… 옆에 색시가 없는 것이 한결 더 섭섭하고 방금 울

• 우나다 유별나다.
• 생얼뚱애기 갓난아이.

178

고 싶다.

잠도 재미있게 자지질 않고 밥도 먹히지 않는다. 그러고서 자꾸만 색시가 옆에 있으면 하는 그 생각만 난다.

사흘 낮 사흘 밤을 이렇게 풀죽어 지내다가 인제는 어쩌면 영영 색시를 만나지 못하는 것이 아닌가 하는 낙망*까지 하던 끝에 갑자기 처가에를 가라는 말이 나오니 신이 나지 않을 수가 없던 것이다.

하기야 기왕이면 색시가 집으로 오니만은 못했다. 그래서 속으로, 가거든 단박에 색시를 데리고 같이 집으로 오려니 하는 엉뚱한 꾀를 내었다.

색시가 설빔으로 해서 농 속에 채곡채곡 넣어둔 새 옷을 갈아입었다. 부모는 간 김에 아주 설까지 쇠고 있다가 제네 아내와 같이 오라는 뜻으로 이렇게 차려 보내는 것이다.

처가에 설 세찬*으로 달걀 세 꾸러미와 장닭 한 마리를 꼬마둥이가 지게에 얹어 지고 길라잡이 삼아 앞을 섰다. 봉수는 노랑 초립에 빨강 두루마기에, 인제 갈아신을 새 버선을 보따리에 싸 짊어지고 뒤를 따라섰다. 우쭐거리면서……. 촌집의 이른 조반을 먹고 나섰어도 20리 들판을 건너, 오르기 5리, 내리기 5리의 소잡

* 낙망 희망을 잃음.
* 세찬 설에 차리는 음식.

179

한* 재를 넘어 다시 10리를 걸어, 겨우 쇠말의 처가에 당도했을 때에는 쪼작거리는* 어린애 걸음이라 오때*가 겨웠었다.

새서방이 찰락거라고 들어서는 걸 본 색시는 고꾸라질 듯이 마당으로 뛰어 내려온다. 꼬마둥이며 또 뒤미처 나서는 친정어머니며 동생이 보는 데가 아니면 반가움에 겨워 그대로 얼싸안을 듯하다. 새서방은 배시시 웃고 섰다.

장모도 반겨하고, 마침 앓고 누웠는 장인도 방문으로 고개를 내민다.

"어서 방으로 들어가세. 잘 오기는 왔네마는 치운데 오느라구 고생했네."

장모가 이런 소리를 하면서 방으로 인도하재도 새서방은 그대로 서 있다.

"어서 방으로 들어가요. 응?"

색시가 들여다보면서 애기 어르듯 하니까 새서방은 차차로 볼때기가 나오더니,

"집에 가!"

한다.

여섯 살배기의 처제까지 모두 웃었다. 색시도 웃기는 웃으나 그

---

* 소잡하다 비좁다. 여기서는 '길이 좁다'의 뜻.
* 쪼작거리다 자꾸 느리게 아장아장 걷다.
* 오때 낮때.

의 고집을 알기 때문에 단단히 속으로는 걱정이 된다.

"어쩌나…… 그러지 말구, 자아 어서 방으로 들어가요! 치워서 말두 잘 못 허믄서……."

"집에 가!"

"호호호오. 아 나두 오래오래간만에 우리 어머니 아버지한테 왔으니깐 좀 편안히 있다가 가예지! 응? 그러잖어?"

"집에 가!"

"글쎄, 가든 안 가든……."

장모가 보기에 하도 답답해서 달래는 말이다.

"방으루나 들어가서 이애기를 해야지, 원. 우리 착한 새서방님이 이럴 리가 있더람! 자아 어서."

"어서 일러루 들어오느라. 그 자식이 고집두 유난하구나! 칩다, 어서 들어오느라."

장인도 내다보고 있다 못해 말을 거든다.

그래도 꼼짝 않는 것을 색시가 할 수 없이, 아무튼 그러면 가기는 갈 테니 우선 방으로 들어가자고 짐짓 조르니까 겨우 마음이 조금 풀리는지 비슬비슬 방으로 따라 들어온다.

이튿날 오때가 훨씬 겨웁고 거진 새때*나 됨직해서 색시는 새서방을 앞세우고 친정집을 나섰다.

---

* 새때 끼니와 끼니의 중간 되는 때.

181

도무지 장인이고 장모고 색시고 천하없어도 그의 고집을 당해 낼 수가 없었다.

어제 당도하던 길로 그렇게 고집을 부리면서, 점심을 주어야 먹지도 않고 저녁도 안 먹고 엉파듯이* 앉아 조르기만 했었다.

졸리다가 못해 되는 대로, 그러면 오늘은 날이 기왕 저물었으니 내일 아침에 일찍 가자고 졸랐다. 그 말에 또 한 번 솔깃해서 저녁밥을 먹는 시늉. 그렇게 그 밤을 지냈다.

날이 훤히 밝자 일어나 앉아서 가자고 졸라댄다.

조반도 안 먹고 점심때나 되니까는 필경 울음을 내놓는다.

인제는 아무렇게도 도리는 없고 다만 한 가지, 색시가 같이서 시집으로 오는 것뿐이다. 사맥*이 이렇게 다급했던 것이다. 색시는 참말 딱했다.

새서방이 이쯤 따르고 하는 걸 여겨, 가령 근친을 와서 오래 편안히 있지 못하고 닷새 만에 도로 가는 것이야 글로* 메꿀 수도 없는 것은 아니다.

실상 말이지 근친이라고 왔대야, 생각하더니보다는 그다지 즐거움도 모르겠고 흡사히 남의 집에 온 것 같아 하루바삐 시집으로 돌아가고 싶은 생각이 오던 그 이튿날부터 나지 않은 것도 아니었

---

* 엉파듯이 정확한 뜻을 알 수 없음. '엉덩이로 땅을 파듯이' 정도의 뜻인 듯함.
* 사맥 일이 진행되는 흐름.
* 글로 그리. 그렇게까지.

었다. 더욱이 저를 잃어버리고 풀죽어 있을 새서방의 양자°가 눈에 암암 밟히어, 밤으로도 편안한 잠을 이룰 수도 없었다. 하니 어떻게 생각하면 무지금코° 일찌감치 돌아가는 것이 일변 좋지 않은 것도 아니다.

그러나 시집에 대한 인사를 못 차려서 일이 아니다. 명색 근친이라고 왔던 길이니 시부모의 버선 한 켤레, 주머니 염낭 하나씩이라도 해가지고 돌아가야 할 것이고, 다만 인절미 한 고리짝이라도 지어가지고 갔어야 할 것이다. 그런데 이처럼 맨손이다. 민망하여 어떻게 얼굴을 들고 시부모를 보랴 싶다.

겨우 술 한 병에 마침 동리 사람이 꿩 사냥을 해둔 게 있어서 그놈 한 자웅을 구해가지고 나서는 수밖에 없었다.

꿩은 새서방이 보따리에 꾸려 짊어지고 술은 색시가 손에 들었다.

부친은 앓고 누워 기동°을 못 하고, 그렇다고 누구 마음 맞게 배웅해 줄 사람도 없어 모친이 겨우 5리가량 따라 나와주었다.

이럴 줄 알았으면 어저께 데리고 온 꼬마둥이라도 잡아두었을 것을 하고 후회도 했으나, 역시 후회될 따름이다.

그러나 해는 좀 기울었다지만 아는 길이니 저물기 전에 재만 넘

• 양자 겉으로 나타난 모양이나 모습.
• 무지금코 '무심코(아무런 뜻이나 생각이 없이)' 정도의 뜻인 듯함.
• 기동 몸을 일으켜 움직임.

어서면 그다음에는 평탄한 들판인즉, 좀 저물더라도 그리 상관은 없으리라는 안심으로 그것도 묻뜨리고* 나선 것이다.

아침부터 잔뜩 흐렸던 하늘에서는 금시로 눈이 쏟아질 것 같다. 바람이 또한 여간만 차고 거세게 불지를 않는다. 5리 바탕이나 바래주러 따라 나왔던 모친이, 딸이 근친이라고 왔다가 느닷없이 이렇게 쫓겨가고 있는 양이 새삼스럽게 어이가 없어 뻐언히 보고 섰을 무렵부터 눈발이 하나씩 둘씩 포올폴 날리기 시작했다.

바람도 차차로 더 거칠어, 걸음 걷는 앞으로 치어 든다. 그러던 것이 필경 재 밑에까지 당도했을 때에는 이미 사나운 눈보라로 변하고 말았다.

바람은 사정없이 앞을 치는데, 눈발이 미친 듯 휘날리어 걸음도 걸을 수가 없거니와 가는 길이 어떻게 되었는지 분간할 수가 없다.

색시는 겁이 더럭 나고, 어쩐지 마음이 내키질 않았다. 새서방은 보니 입술이 새파랗게 얼어가지고 달래달래 떤다. 어떻게도 애처로운지 차마 볼 수가 없다.

그럴수록 자꾸만 더 뒤가 돌아뵌다. 시방이면 한 10리 길밖에 오지 않았으니 친정집으로 돌아가도 그리 어려울 것은 없을 듯싶다. 그래 새서방더러 그렇게 했다가 내일 날이 들거든 오자고 달

* 묻뜨리다 '묻어버리다' 정도의 뜻인 듯함.

184

래니까, 그건 죽어라고 도리질을 한다. 색시는 할 수 없이 새서방이 짊어진 보따리를 벗겨 제가 한편 어깨에 걸치고 한 손으로 새서방의 손을 잡아 이끌면서 재를 오르기 시작했다.

비탈은 험한데 길이래야 겨우 발이나 붙임 직한 소로다. 그 위에다가 눈이 벌써 허옇게 덮였으니 어느 것이 길이고 아닌지 알아보기가 어렵다. 우환° 중에 바람이 앞을 치고 자욱한 눈발이 시야를 가로막으니, 짐작 삼아 더듬고 간다는 것도 대중°을 할 수가 없다.

드디어 길을 잃고 말았다.

하마 마루턱까지는 올라왔으려니 싶은데 그대로 올라가는 길이다. 그런가 하고 한참 올라가노라면 갑자기 내리쏠리는 비탈이 앞으로 기울어졌다. 비탈을 겨우겨우 내려가면 도로 또 올라가는 언덕바지다.

색시는 옳게 겁이 나고 마음이 다뿍 급해서 허둥지둥한다. 새서방은 손목을 잡혀 매달려 오면서 세 걸음에 한 번씩 고꾸라진다. 와들와들 떨면서 얼굴이 사색이다. 참다못해 새서방을 들쳐업었다. 업고 나서니 새서방은 편할지 몰라도 색시는 더 어렵다. 꿩을 싼 보따리는 띠 삼아 동여맸다지만 손에 든 술병이 여간만 주체스

• 우환 근심이나 걱정.
• 대중 대강 어림잡아 헤아림.

럽질* 않다.

새서방을 들쳐업고 다시 얼마를 헤매는 동안에 길은 종시 찾지 못했는데 날이 깜박 저물었다. 눈보라는 더욱 사나워 세 걸음 앞이 보이질 않고, 바람은 앞뒤로 치어 픽픽 꼬꾸라트린다.

등에 업힌 새서방은 어엉엉 울어댄다. 춥고 배가 고프다는 것이다. 그도 그럴 것이 어제부터 고집을 쓰느라고 끼니를 변변히 먹지 않았으니 묻지 않아도 배는 고플 것이다. 속이 비었으니 춥기도 한결 더할 것이고.

그러나 춥고 배가 고프기는 새서방만이 아니다. 색시도 새서방이 밥을 안 먹고 하는 운김*에 어제 점심부터 오늘 점심까지 줄곧 설쳤기 때문에 시방 여간만 속이 허한 게 아니요, 따라서 추위도 더 심하다.

등에 업힌 새서방의 우는 소리에 애가 녹다 못해, 색시는 치마를 벗어서 덤쑥 무릅씌운다*. 그러나 그것 한 껍데기 벗어버린 색시는 갑절이나 더 추웠어도 새서방이 그만큼 갑절 따스운 것은 아니다. 다시 얼마를 헤맸는지 모른다. 눈보라도 눈보라려니와 인제는 날이 아주 어두워서 지척*을 분간할 수가 없다. 앞으로 옆으로

* 주체스럽다 처리하기 어려울 만큼 짐스럽고 귀찮은 데가 있다.
* 운김 분위기나 기운.
* 무릅씌우다 위로부터 그대로 뒤집어쓰게 하다.
* 지척 아주 가까운 거리.

허방*을 딛고는 쓰러진다.

그렇게 쓰러지기까지 하느라고 더욱 기운이 빠져 아주 기진맥진한 걸음도 옮겨놓기가 어렵게 되었다. 기운이 없을 뿐만 아니라 정신도 아드득하니 횡총망총해진다*.

그러한 중에도 한 가지, 등에서 우는 새서방을 생각하여 이래서는 안 되겠다고 정신을 가다듬고 기운을 차려가면서 구르듯 기어가듯 하는 참인데, 그럴 무렵에 어쩌다가 한번 앞으로 푹 꼬꾸라지는 손에 잡혀지는 것이 있었다.

어떻게도 반가운지.

그것은 논바닥의 벼 포기였었다.

벼 포긴 줄 알자, 인제는 산중을 벗어져 나왔구나 하는 안심에 그대로 펄씬* 주저앉아 버렸다.

다시 일어날 기력이 없기도 하려니와 그는 시진한* 정신에 시방 좀 쉬어가자는 생각이 든 것이다. 이 눈보라 속에서 쉬어가자고 주저앉아 있는 것이 벌써 정신을 차리지 못한 것인 것은 말할 것도 없다. 그러나 그러한 중에도 등에 업었던 새서방을 내려서 제 품 안에 담쑥 안고 치마로 싸주고 하기를 잊지 않았다.

---

* 허방 땅바닥이 움푹 패어 빠지기 쉬운 구덩이.
* 횡총망총하다 '옹총망총하다(정신이 흐리어 생각이 잘 떠오르지 않고 흐리멍덩하다)'의 뜻인 듯함.
* 펄씬 풀씬. 풀썩. 맥없이 내려앉는 모양.
* 시진하다 기운이 빠져 없어지다.

하는 동안에 정신이 차차로 더 오리소리하고*, 그러자 새서방의 우는 울음소리가 차차로 차차로 멀어감을 알았다.

"혼자 먼점 가나 보다. 그렇다면 다행이지!"

여기까지 생각하다가 깜박 정신을 놓아버렸다. 새서방은 그대로 울고 있고……

그날 밤, 그리 깊진 않아선데, 동리 사람 몇이 마침 재를 넘어오다가 길 옆 논바닥에서 사람 우는 소리를 들었다. 그들은 처음 귀신 우는 소린 줄 알고 모두 머리끝이 쭈뼛했으나, 일행이 여럿이기 때문에 대체 그놈의 귀신이 어떻게 생긴 것인지 좀 본다고 쫓아와서 횃불을 비추어 보니 봉수네 내외였었다.

꽁꽁 얼어서 오그라붙은 색시와 다 죽어가는 새서방을 동리 사람이 업어 오기는 했으나, 색시는 영영 소생하지 못했고 새서방만 무사히 살아났다.

봉수는 죽은 색시를 잊지 못했다. 언제고 분홍 저고리에 갈매 옥색 치마를 입고 해죽 웃는 얼굴에 이쁜 보조개가 옴폭하니 패는 색시가 눈에 밟혔다. 봉수는 이렇게 색시의 얼굴을 생각해 보는 것이 슬프면서 그게 기쁨이었었다. 그러는 동안에 그의 나이 열셋, 열넷, 열일곱, 스물 더해가고 사람도 자라 철이 들어갔다.

• 오리소리하다 뜻밖의 일이나 어려운 일로 인해 정신이 없다.

그러나 분홍 저고리에 갈매옥색 치마를 입고 보조개가 옴폭 패게 웃는 색시의 환영은 그대로 가슴속에서 사라지지 않았다. 도리어 점점 더 뚜렷해갔다.

스무 살 때에 그의 부모가 다시 장가를 들이려고 했으나 봉수는 막무가내로 듣지를 않았다.

스물다섯 살까지에 양친이 다 돌아가자, 봉수는 집과 살림과 밭뙈기와 논 몇 마지기를 모조리 팔아가지고 동리를 떠났다. 누구의 말에는 어느 산중에 들어가서 중이 되었다고도 한다.

"누구의 말에는 산중에 들어가서 중이 되었다고 한답디다."

이 말로 노장의 이야기는 끝이 났다. 나는 비로소 이 노장의 (아주 속세의 인정사와 인연이 없는 성불러도, 기실* 지극히 슬픈 인정 비화의 주인공인 이 노장의) 내력을 안 것 같아서 혼자 고개를 끄덕거렸다.

"그래 노장, 올에 연치*가 어떻게 되셨나요?"

"내 나이요? 허! 여든둘이랍니다."

"여든둘······ 그러니 70년이군! 70년, 70년, 일 세기 가까운 순정!"

---

* 기실 실제에 있어서.
* 연치 '나이'의 높임말.

나는 혼잣말로 이렇게 중얼거리다가 다시 물어보았다.

"그래 시방두 그 분홍 저고리에 갈매옥색 치마를 입고 볼에 보조개가 옴폭 패는 색시가 늘 보입니까?"

"실없는 말씀을!"

노장은 나를 나무라면서 눈을 감고 고개를 숙이고 합장을 한다.

머리 없는 머리와 숙인 이마로 흔적 없이 드리운 비애, 흰 눈썹에 은실 같은 수염, 그림같이 청아한 얼굴, 숨도 쉬지 않는 듯한 정적……. 이런 것이 모두 아까와 같았으나 대하는 나에게는 새로이 인상이 핍절했다*.

윗목에서는 상좌가 여전히 꼬부리고 누워 숨소리 고르게 자고 있다. 잊었다가 생각이 난 듯, 솨아 하니 밖에서 바람이 일어 낙엽을 흩트린다.

찬 기운이 방 안으로 스며들면서 등잔의 들기름불이 가느다랗게 춤을 춘다. 아랫목 벽에 어린 노장의 꿈쩍도 않는 그림자가 호올로 얼씬거린다.

《농업조선》 1938년 6월호에 실린 작품을 바탕으로 함.

• 핍절하다 진실하여 거짓이 없고 매우 간절하다.

작품 이해하기

이 소설은 1938년 《농업조선》 6월호에 실린 작품으로, 한 전통적 가정에서 생긴 부부의 비극을 표현하고 있다. 조혼으로 맺어진 부부는 오누이처럼 살아간다. 아직 어린 신랑은 나이 든 신부에게 투정도 부리고, 옛이야기도 들으며 정이 들어간다. 그러다 오랜만에 신부는 친정으로 근친을 떠난다. 부부의 정은 아니지만 신부에게 정이 든 신랑은 근친 떠난 신부가 보고 싶어 처가로 향한다. 처가에 간 신랑은 집으로 돌아가자고 떼를 쓰고, 이기지 못한 신부는 함께 다시 시댁으로 돌아가기로 한다. 돌아오는 길에 부부는 눈보라로 길을 잃고 끝내 신부는 신랑을 품에 안고 죽음을 맞이한다. 이 사건 때문에 신랑은 먼 후일 승려가 되어 세속과 유리된 삶을 살아간다.

이 소설에서는 두 형태의 비극적 죽음이 나타난다. 나이 많은 아내와 어린 남편은 처가에서 시가로 가는 길에 눈보라를 만나 길을 잃는다. 추위가 엄습하는 가운데서도 어린 남편을 감싸 안아 살리고 자신은 죽어가는 아내의 죽음. 이 아내의 죽음은 생물학적 죽음이다. 자신 때문에 죽은 신부를 못 잊어 홀로 지내다가 부모님이 돌아가자 속세와 인연을 끊고 스님이 된 신랑의 삶은 또 다른 죽음의 형태인 사회적 죽음이라 할 수 있다. 이러한 비극적 죽음을 작가는 '순정'이라 말한다. 그래서 제목이 '두 순정'이다.

　이 이야기의 서술자는 노스님에게 이야기를 듣는 '나'이다. '나'는 하다 만 노스님의 이야기가 궁금해 노스님 곁을 서성거린다. 청아한 모습의 노스님은 꿈같이 고요하게 이야기를 풀어나간다. 자신의 이야기를 자신의 이야기가 아닌 것처럼. 출가했음에도 불구하고 자신의 사연을 설화처럼 말하는 스님. '나'는 스님에게서 '머리 없는 머리와 숙인 이마로 흔적 없이 드리운 비애'를 본다. 기나긴 세월이 흘렀음에도 죽은 신부를 잊지 못하고 그리워하는 어린 신랑을 본다. 그래서 자신을 위해 희생한 신부에 대한 죄책감은 물론 신부에 대한 사랑이라는 순정을 서술자인 '나'도, 이 소설을 읽는 독자도 느끼게 된다.

작품 깊이읽기

풍자성과 낭만성

채만식 문학의 백미는 풍자이다. 서느런 풍자를 통해 일제강점기의 모순된 사회를 통렬히 비판했기에 평론가들은 그의 문학을 풍자소설, 세태소설이라 평한다. 그러나 그의 소설의 한 축을 담당하는 것은 사랑을 토대로 하는 낭만적인 소설이다. 시대가 시대이니만큼 낭만적인 소설 또한 비극적 결말로 끝나지만, 사랑을 이야기하는 소설이 의외로 많다. 이 낭만성을 토대로 한 작품은 대체로 죽음으로 마무리된다. 죽음으로 사랑의 순결성을 완성시키지만, 이 순결성은 실체가 없는 허상에 불과해진다. 그러다 보니 이 순결성으로 어떤 동경의 대상도 만들지 못하는 아쉬움이 있다. 그래서 어떤 평론가들은 그의 이 낭만성이 1940년 이후 변절의 길로 들어서게 한 요인이라고 지적하고 있다.

낭만성을 띤 작품 가운데 빼어난 작품이 이 〈두 순정〉이다. 사랑으로 인해 죽음을 맞이하고, 사랑으로 인해 죽음처럼 사는 두 주인공을 통해 삶의 순결성을 이야기하는 이 소설은 지금 읽어도 애틋하다. 일제강점기 같은 암울한 시대나 21세기 우리의 삶에서 순정은 삶을 따뜻하게 만든다.

조혼

혼인 적령기가 되지 않은 어린아이가 일찍 혼인하던 풍속이 조혼이다. 그런데 이 조혼의 폐해가 점점 심각해지자 조선 시대에는 '주문공가례'에 따라 남자 16세 이상, 여자 14세 이상의 규정을 강조했다. 1894년 갑오개혁 때에도 남자 20세, 여자 16세 이후 성혼할 수 있다는 조항이 들어갈 정도로 제도적으로 조혼을 막으려고 했지만, 민간의 조혼 풍속은 일제강점기까지 계속된다. 이 소설은 이러한 조혼 풍습을 바탕으로 한다. 열 살의 신랑과 열아홉 살의 신부. 아무것도 모르는 철부지 신랑을 나이 든 누이처럼 돌보는 신부.

부부의 사랑이라 할 수는 없지만 서로를 이해하고 걱정하는 그들의 사랑을 차분히 전개해 나간다. 정신의 순결성이라 할 수 있는 두 순정을 애틋하게 그려나간다.

순정

순정은 순수한 감정이나 애정을 뜻한다. 채만식은 이러한 순정을 주제로 하는 소설을 여러 편 썼다. 이 소설뿐만 아니라 순정을 이야기한 소설로는 〈쑥국새〉, 〈팔려간 몸〉 등이 있다. 〈쑥국새〉는 얽히고 얽힌 네 사람의 사랑에 관한 이야기이다. 미럭쇠는 납순이를 좋아하고, 납순이는 종수와 서로 사랑하며, 점례는 미럭쇠를 좋아한다. 납순이를 좋아하는 미럭쇠는 납채(혼인할 때에, 사주단자의 교환이 끝난 후 정혼이 이루어진 증거로 신랑 집에서 신부집으로 예물을 보냄. 또는 그 예물) 30원을 주고 납순이와 결혼을 한다. 어쩔 수 없는 결혼을 한 납순이는 종수와 함께 도망치려 하나 그들을 엿보고 있던 점례에 의해 실패하고 만다. 도망가기를 실패한 납순이는 "평생을 맘 없이 매달려 살아야 할 테니, 차라리 진작 죽는 것만 못하다고" 자결을 하고 만다. 사랑을 이룰 수 없는 납순이의 죽음이 순정이고, 이 납순이를 잊지 못하고 "밥 먹기도 잊고 도로 넋이 나가서 우두커니 앉아 있"는 미럭쇠의 마음도 순정이다. 〈팔려간 몸〉은 견우와 직녀의 아프지만 순수한 사랑 이야기이다. 직녀는 가난한 견우와 사귀는 것을 못마땅하게 여기는 부모에 의해 사랑하는 견우를 남겨두고 결혼할 자금을 모으기 위해 방직회사로 떠난다. 1년에 한 번, 칠월칠석날 만날 것을 기약한 채. 칠월칠석날 견우가 방직회사에 찾아갔지만 직녀는 없다. 직녀는 강제로 몸을 빼앗기고 몸값 500원에 유곽으로 팔려간 것이다. 혹시 몰라 들른 유곽에서 만난 견우와 직녀. 내년에도 꼭 오라고, 꼭 오겠다고 하는 견우와 직녀의 두 마음도 순정이다.

어느 시대나 낭만적인 사랑은 소설의 좋은 소재이다. 풍자소설을 주로 썼던 채만식도 이런 낭만적인 사랑을 이야기한다. 시대를 읽어낼 수 있는 풍자소설도 좋지만, 이런 순정을 이야기한 낭만적인 사랑 이야기도 좋다.

명치두

일숙

순

정

미스터 방

논이야기

미스터 방

주인과 나그네가 한가지로 술이 거나하니 취하였다. 주인은 미스터 방(方), 나그네는 주인의 고향 사람 백(白) 주사.

주인 미스터 방은 술이 거나하여 감을 따라, 그러지 않아도 이즈음 의기 자못 양양한 참인데 거기다 술까지 들어간 판이고 보니, 가뜩이나 기운이 불끈불끈 솟고 하늘이 바로 돈짝만 한˚ 것 같은 모양이었다.

"내 참, 뭐, 흰말이 아니라 참, 거칠 거 없어, 거칠 거. 흥, 어느 눔이…… 아, 어느 눔이 날 뭐라구 허며, 날 괄시헐 눔이 어딨어, 지끔 이 천지에. 흥 참, 어림없지, 어림없지."

누가 옆에서 저를 무어라고를 하며 괄시를 한단 말인지, 공연히 연방 그 툭 나온 눈방울을 부리부리, 왼편으로 삼십 도는 넉넉 삐뚤어진 코를 벌심벌심해˚ 가면서 그래쌓는 것이었었다.

"내 참, 이래 뵈두, 응, 동양 삼국 물 다 먹어본 방삼복이우. 청

• 하늘이 돈짝만 하다 의기양양하여 세상에 아무것도 두렵지 아니하게 여김을 비유적으로
  이르는 말.
• 벌심벌심하다 벌름벌름하다. 자꾸 벌어졌다 오므려졌다 하다.

얼 못 허나, 일얼 못 허나. 영어야 뭐 말할 것두 없구⋯⋯."

하다가, 생각난 듯이 맥주컵을 들어 벌컥벌컥 단숨에 다 마신
다. 그러고는 시꺼먼 손등으로 입술을 쓱, 손가락으로 김치 쪽을
늘름 한 점, 그러던 버릇이 미스터 방이요, 신사요, 방 선생으로도
불리는 시방도 무심중 절로 나와, 손등으로 입술의 맥주 거품을
쓱 씻고 손가락으로 라조기 한 점을 집어다 으득으득 씹는다.

"술은 참, 맥주가 술입넨다*⋯⋯."

어느 놈이 만일 무어라고 시비를 하거나 괄시를 한다면 당장 그
라조기를 씹듯이 으득으득 잡아 씹기라도 할 듯이 괄괄하던 결기
가, 그러다 별안간 어디로 가고서 이번엔 맥주 추앙*이 나오던 것
이다.

"술두 미국 사람네가 문명했죠*. 조선 사람은 안직두 멀었어."

"멀구말구. 아직두 멀었지."

쥐 상호*의 대추씨만 한 얼굴에 앙상한 노랑수염 백 주사가 병
을 들어 주인의 빈 컵에다 따르려면서 그렇게 말장구*를 쳐 보비
위*를 한다.

* -ㅂ넨다 '-ㅂ니다'의 방언.
* 추앙 높이 받들어 우러러봄.
* 문명하다 발전되어 있다.
* 상호 얼굴의 생긴 모양.
* 말장구 남이 하는 말에 대하여 동조하거나 부추기는 말.
* 보비위 남의 비위를 잘 맞추어 줌.

"아, 백상두 좀 드슈."

"난 과해."

"괜—히 그리셔. 백상 주량을 다 아는데. 만난 진 오랐어두……."

"다 젊었을 적 말이지, 지금은……."

"올에 참 몇이시지?"

"갑술생 마흔여덟 아닌가!"

"그럼 나버담 열한 살 위시군. 그래두 백상은 안 늙으신 심˚야. 허허허허."

"안 늙는 게 다 무언가. 머리 신 걸 보게!"

"건 조백˚이시지."

백 주사는 흔연히 수작을 하면서 내색은 아니 하나, 어심˚엔 미스터 방이 괘씸하기 짝이 없었다.

향리의 예법으로, 10년 장˚이면 절하고 뵈어야 한다. 무릎 꿇고 앉아야 하고, 말은 깍듯이 공대˚를 해야 한다. 그 앞에서 주초˚가 당치 않고, 막부득이한˚ 경우면 모로 앉아 잔을 마셔야 한다. 그런

• 심 '셈'의 방언.
• 조백 늙기도 전에 머리가 셈. 흔히 마흔 살 안팎의 나이에 머리가 세는 것을 이름.
• 어심 마음의 속.
• 장 나이를 따져 손위임을 나타내는 말.
• 공대 공손하게 잘 대접함. 상대에게 높임말을 함.
• 주초 술과 담배.
• 막부득이하다 마지못하여 할 수 없다.

것을, 마치 제 연갑˚ 친구나 타관 나그네에게나 하는 것처럼 백상이니, '술 드슈', '조백이시지' 하고 말버릇이 고약해. 발 개키고 앉아서 정면하고 술을 먹어, 담배 뻐끔뻐끔 피워, 이런 괘씸할 도리가 없었다.

또 나이도 나이려니와 문벌이나 지체를 가지고 논한다면, 이건 도저히 용서할 수 없는 일이었다.

이래 보여도 나는 삼대조가 진사를 하였고(그 첩지˚가 시방도 버젓이 있다), 오대조가 호조판서를 지냈고(족보에 그렇게 분명히 올라 있다), 칠대조가 영의정을 지냈고(역시 족보에 그렇게 분명히 올라 있다), 이런 명문거족의 집안이었다. 또 내 12촌이 ××군수요, 그 12촌의 아들이 만주국 ××현 ××촌 촌장이요 하였다. 또 그리고, 시방은 원수의 독립인지 막덕˚인지 때문에 다 그렇게 되었다지만, 아무튼 두 달 전까지도 어느 놈 그 앞에서 기침 한번 크게 못 하던 백 부장, 훈8등˚에 ××경찰서 경제계 주임이던 백 부장의 어르신네신 이 백 주사가 아닌가.

두 달 전 그때만 같았어도, '이놈!' 하고 호통을 하여 당장 물고˚를 내련만…… 그 좋은 세상이 어디로 가고 이 지경이란 말인지

---

* 연갑 또래. 그 범위에 속하는 나이.
* 첩지 관리에게 주는 임명서.
* 막덕 당시 '마르크스주의자'를 낮추어 부르던 말.
* 훈8등 일본에서 주던 훈장 가운데 하나.
* 물고 죄를 지은 사람을 죽임.

몰랐다.

하여튼 그만치나 혼란스런 백 주사에다 대면 미스터 방의 근지야 아주 보잘것이 없었다.

미스터 방의 증조가 타관에서 떠들어온˚ 명색˚ 없는 사람이었다. 그 조부가 고을의 아전을 다녔다. 그 아비가 짚신장수였다. 칠십에 고로롱고로롱 아직도 살아 있지만, 시방도 짚신 곱게 삼기로 고을에서 첫째가는 방 첨지가 바로 그였다. 그리고 이 방삼복이는…….

먹고 자고 꿍꿍 일하고, 자식새끼 만들고 할 줄밖에는 모르는 상일꾼(농부)였다. 그러나마 서른을 바라보도록 남의 집 머슴살이로 이집 저집 살고 다니는 코뻐뚤이 삼복이었다. 물론 낫 놓고 기역 자도 못 그리는 판무식˚이었다.

상일꾼일 바엔 남의 세토(貰土, 소작) 마지기라도 얻어 제 농사를 짓는 것이 아니라, 서른을 바라보도록 남의 집 머슴살이만 하고 다니던 코뻐뚤이 삼복이가, 하루 아침 무슨 생각이 났던지, 돈벌이를 간답시고 조석이 간데없는˚ 부모에게다 처자식 떠맡기고는 훌쩍 일본으로 떠나버렸다. 그것이 열두 해 전.

• 떠들어오다 정처 없이 떠돌아다니던 사람이나 짐승이 들어오다.
• 명색 실속 없이 그럴듯하게 불리는 허울만 좋은 이름.
• 판무식 아주 무식함. 또는 그런 사람.
• 조석이 간데없다 끼니를 잇지 못하다.

떠난 지 칠팔 년을 별반 신통한 벌이도 못 하는지, 돈 한 푼 보내는 싹도 없더니, 하루는 느닷없이 중국 상해에 와 있노란 기별이 전해져 왔다. 그러고는 감감 소식이 없다가, 3년 만에 푸뜩 고향엘 돌아왔다. 10여 년을, 저의 말마따나 동양 삼국 물 골고루 먹고 다녔으면서, 별로이 때가 벗은 것도 없어 보이고, 행색은 해어진 양복 누더기에 볼 꿰어진 구두짝을 꿰고 들어서는 양이, 군데군데 기움질은 하였으나 빨아 다린 무명 고의적삼을 입고 고향을 떠날 적보다 차라리 초라한 것 같았다.

늙은 에미 애비와 젊은 가족이 뼈품*으로 버는 것을 얻어먹으며 굶으며 하면서 한 1년 빈둥거리고 놀더니 적이 회심*이 들었는지, 이번엔 처자식 데리고 서울로 올라왔다.

서울로 올라와서는 현저동 비탈의 다 찌부러진 행랑방을 얻어 살면서, 처음 1년은 용산 있는 연합군 포로수용소엘 다니며 입에 풀칠을 하였고, 이 동안 그는 상해에서 귀로 익힌 토막 영어가 조금 더 진보되었고.

다시 1년이나는, 그것 역시 상해에서 익힌 것을 밑천 삼아 구두 직공으로 구둣방엘 다니며 그럭저럭 살았고. 그러다 일본이 싸움에 지느라고 구두를 너무 해트려* 가죽이 동이 나서 구둣방이 너

* 뼈품 뼈가 휠 만큼 들이는 힘이나 수고.
* 회심 마음을 돌이켜 먹음.
* 해트리다 닳아서 떨어지게 하다.

나없이 문을 닫는 바람에, 할 수 없이 이번엔 궤짝 한 개 짊어지고 신기료장수˚로 나서고 말았다.

골목골목 돌아다니며, 혹은 종로 복판의 행길에 가 앉아 신기료장수를 하자니, 자연 서울 온 고향 사람의 눈에 종종 뜨일밖에. 소식이 고향에 퍼지자, 누구 한 사람 칭찬은 없고 저마다 빈정거리는 소리뿐이었다.

"일본으로 청국으로, 10여 년 타국 바람 쏘이고 온 놈이 겨우 고거야?"

"부전자전이로구먼. 아범은 짚신장수, 자식은 구두 깁는 장수."

"아마 신발 명당에다 무덤을 썼든감."

이렇듯 근지는 미천하고, 속에 든 것 없고, 가랑이가 찢어지게 가난하고, 생화˚라는 것이 고작 거리에 앉아 오는 사람 가는 사람 해어지고 고린내 나는 구두짝 꿰매어 주고 징 박아주고 닦아주고 하는 천업이고 하던, 그 코삐뚤이 삼복이었었다.

'흥, 개구리가 올챙이 적을 못 생각한다더니. 발칙한 놈, 고얀 놈.'

백 주사는 생각하자니 속으로 이렇게 분개스럽지 않을 수가 없었다.

그러나 일변으로는, 그러던 코삐뚤이 삼복이가 그야말로 선영˚

* 신기료장수 헌 신을 꿰매어 고치는 일을 직업으로 하는 사람.
* 생화 먹고살아 가는 데 도움이 되는 벌이나 직업.
* 선영 조상의 무덤.

이 명당엘 들었단 말인지, 무슨 조화를 지녔단 말인지, 불과 몇 달 지간에 이렇게 훌륭히 되고, 부자가 되고, 미스터 방인지 구리다 방인지가 되고 하여가지고는, 갖은 호강 다 하며 천하에 무서울 것이 없고, 기광*이 나서 막 이러니, 한편 생각하면 신기하기도 하고 부럽기도 하고 또한 안타깝기도 하였다.

'사람의 운수란 참 모를 일이야.'

백 주사는 속으로 절절히 이렇게 탄복도 아니치 못하였다.

코뻬뚤이 삼복이의 이 눈부신 발신은 그러나, 백 주사가 희한히 여기는 것처럼 무슨 명당바람*이 났다거나 조화를 지녔다거나 그런 신기한 곡절이 있는 바가 아니요, 지극히 간단하고도 수월한 것이었다. 다못* 몸에 지닌 재주 가운데 총기가 좀 좋아서 일찍이 영어 마디나 익힌 것을 잊어버리지 아니하였다는, 일종의 특수 조건이 없던 바는 아니지만.

1945년 8월 15일, 역사적인 감격의 날.

이날도 신기료장수 방삼복은 종로의 공원 건너편 응달에 앉아서 구두 징을 박으면서 감격의 날을 맞이하였다. 그러나 삼복은 감격한 줄도 기쁜 줄도 모르겠었다. 지나가는 행인이, 서로 모르

* 기광 극성스레 마구 날뛰는 행동이나 기세.
* 명당바람 명당이 끼치는 기세.
* 다못 다만.

던 사람끼리면서 덥쑥 서로 껴안고 기뻐하고 눈물을 흘리고 하는 것이, 삼복은 속을 모르겠고 차라리 쑥스러워 보일 따름이었다. 몰려 닫는 군중이 오히려 성가시고, 만세 소리가 귀가 아파 이맛살이 찌푸려질 지경이었다.

몰려다니고 만세를 부르고 하기에 미쳐 날뛰느라고 정신이 없어, 손님이 부쩍 줄었다.

"우라질! 독립이 배부른가?"

이렇게 그는 두런거리면서, 반감이 솟았다.

이삼일 지나면서부터야 삼복에게도 삼복에게다운 해방의 혜택이 나누어졌다.

10전이나 15전에 박아주던 징을, 50전을 받아도 눈을 부라리는 순사를 볼 수가 없었다. 순사가 없어졌다면야 활개를 쳐가면서 무슨 짓을 하여도 상관이 없고 무서울 것이 없던 것이었었다.

"옳아. 그렇다면 독립도 할 만한 건가 보다."

삼복은 징 열 개를 박아주고 5원을 받아 넣으면서 이렇게 속으로 중얼거리기까지 하였다.

그러나 며칠이 못 가서 삼복은 다시금 해방을 저주하여야 하였다. 삼복이 저 혼자만 돈을 더 받으며, 더 받아 상관이 없는 것이 아니라, 첫째 도가*들이 제 맘대로 재룟값을 올리던 것이었었다. 징,

---

* 도가 도매상.

가죽, 고무, 실 모두가 5곱 10곱 비싸졌다. 그러니 신기료장수는 손님한테 아무리 비싸게 받는댔자 재료를 비싼 값으로 사야 하니, 결국 도가만 살찌울 뿐이지 소득은 전과 크게 다를 것이 없었다.

"이런 옘―병헐! 그눔에 경제켄 다 어디루 가 뒈졌어. 독립은 우라진다구 독립을 헌담."

석양 때 신기료 궤짝을 어깨에 멘 채 홧김에 막걸리청으로 들어가 서너 사발 들이켜고는, 그는 이렇게 게걸거렸다˚.

그럭저럭 구월도 열흘이 되고, 서울 거리에는 미국 병정이 꼬마차˚와 함께 그득히 퍼졌다.

그 미국 병정들이 거리를 구경하면서 혹은 물건을 사려면서, 말이 서로 통하지를 못하여 답답해하는 양을 보고 삼복은 무릎을 탁 쳤다.

그러나 슬플진저. 땟국과 땀에 찌든 이 누더기를 걸치고는 가망이 없을 말이었다.

'무슨 도리가 없을까?'

반일을 궁리를 하다가 정오 때에야 한 줄기 서광을 얻었다.

총총히 집으로 돌아가 마누라를 시켜, 구두 고치는 연장 일습˚과 재료 남은 것에다 이불이며 헌 옷가지 해서 한 짐을 동네 아는

• 게걸거리다 상스러운 말로 소리를 지르며 불평스럽게 자꾸 떠들다.
• 꼬마차 미군들이 타고 다니던 소형 군용차.
• 일습 옷, 그릇, 기구 따위의 한 벌. 또는 그 전부.

가게에다 맡기고는 한 달 기한으로 돈 100원을 서푼 변°으로 취해 오게 하였다.

그 돈 100원을 가지고 삼복은 헐한 넝마전°으로 가서 100원 돈이 꽉 차는 한도까지에, 양복이란 명색 한 벌과 모자를 샀다. 신발은 부득이 안방 사람의 병정 구두 사 신은 것을 이다음 창갈이를 거저 해주겠다는 조건으로 닷새만 제 것과 바꾸어 신기로 하였다.

이튿날 아침 느지감치, 새로 장만한 헌 양복, 헌 모자에 헌 구두로써 궤짝 멘 신기료장수보다는 제법 말쑥하여진 차림을 차리고 마악 나서려는데, 간밤부터 통통 부어가지고는 시중도 말대꾸도 잘 아니 하던 애꾸쟁이 마누라가 와락 양복 뒷자락을 움켜쥐고 늘어진다.

"바른대루 대요."

"이게 별안간 미쳤나?"

"요 망난아, 반해가지군 이력허구 찾아가는 고년이 어떤 년야? 응?"

"속을 모르거든 밥값을 내지 말랬어, 요 맹추°야."

"날 죽이구 가지, 거전 못 가."

"이년아, 너 이랬단, 내 인제 돈 벌문 증말 첩 얻는다."

° 변 남에게 돈을 빌려 쓴 대가로 치르는 일정한 비율의 돈.
° 넝마전 낡고 해어져서 입지 못하게 된 옷이나 이불 등을 파는 가게.
° 맹추 똑똑하지 못하고 흐리멍덩한 사람을 낮잡아 이르는 말.

"오—냐 잘한다. 날 죽여라, 날······."

"아, 이 우—라 주리 땔 앵길˚ 년이······."

한주먹 보기 좋게 갈겨 넘어뜨리고는, 찌부러진 오두막집을 나서 종로로 향을 잡았다.

노예도 노예 이전이면 상전을 선택할 자유를 가지는 수도 있다고······.

삼복은 종로서 전차를 내려 동쪽으로 천천히 걸으면서 물색을 하였다. 생김새가 맘씨 좋아 보이고, 여느 병정이 아니라 장교쯤 가는 이라야 할 것이었다.

청년회관 앞에서 담뱃대를 사고 있는 하나가, 몸집이 부대하고˚ 여느 병정은 아닌 듯하고, 얼굴이 자못 선량하여 보이는 게 선뜻 마음에 들었다. 구경하는 체하고 넌지시 그 옆으로 가 섰다.

미국 장교는 담뱃대를 집어 들고 귀물스러워하면서˚ 연방 들여다보다가 값이 얼마냐고,

"하우 머치? 하우 머치?"

하고 묻는다.

담뱃대장수 영감은 30원이라고 소래기˚만 지른다.

˚ 앵기다 곁에 들러붙어 귀찮게 굴다.
˚ 부대하다 몸뚱이가 뚱뚱하고 크다.
˚ 귀물스러워하다 귀한 물건인 듯하다.
˚ 소래기 '소리'를 속되게 이르는 말.

알아들을 턱이 없어 고개를 깨웃거리면서 다시금 '하우 머치'만 찾는 것을, 기회 좋을씨고라고 삼복이가 나직이,

"더—티 원."

하여 주었다.

횅 돌아다보더니,

"오— 캔 유 스피크?"

하면서 사뭇 그러안을 듯이 반가워하는 양이라니. 아스러지도록 손을 잡고 흔드는 데는 질색할 뻔하였다.

직업이 있느냐고 물었다. 방금 실직하였노라고 대답하였다.

그럼, 내 통역이 되어주겠느냐고 물었다. 그러겠노라고 대답하였다.

이 자리에서 신기료장수 코삐뚤이 삼복은 '미스터 방'으로 승차˚를 하여, S라는 미국 주둔군 소위의 통역이 되었다. 주급 15불(240원)가량의.

거진 매일같이 미스터 방은 S소위를, 낮에는 거리의 구경으로, 밤이면 계집 있는 술집으로 인도하였다.

한번은 파고다공원의 사리탑을 구경하면서, 얼마나 오랜 것이냐고 S소위가 물었다. 미스터 방은 언젠가 수천 년 된 것이란 말을 들었기 때문에, '투따우전드 이얼스'라고 대답하였다.

• 승차 등급이 오름.

또 한번은, 경회루를 구경하면서 무엇 하던 건물이냐고 물었다. 미스터 방은 서슴지 않고,

"킹 드링크 와인 앤드 댄스 앤드 씽, 위드 댄서."

라고 대답하였다. 임금이 기생 데리고 술 마시고 춤추고 노래 부르고 하던 집이란 뜻이었었다.

내가 보기엔, 조선 여자의 옷이 퍽 아름답고 점잖스럽던데, 어째서 양장들을 하는지 모르겠다고 S소위가 물었다. 미스터 방은, 여자들이 서양 사람한테로 시집을 가고파서 그런다고 대답하였다.

서울역을 비롯하여 거리에 분뇨가 범람한 것을 보고, 혹시 조선 가옥에는 변소가 없느냐고 S소위가 물었다. 미스터 방은, 있기야 집집마다 다 있느니라고 대답하였다.

썩 좋은 조선 그림을 한 장 사고 싶다고 하여서, 문지방 위에다 흔히들 붙이는, 사슴이 불로초를 물고 신선이 앉았고 한 것을 5원에 한 장 사주었다.

제일 재미있고 유명한 소설이 무엇이냐고 물어서, '추월색'이라고 대답하였고, 그럼 그것을 한 권 사고 싶다고 하여서, 여러 날 사러 다니다 못해 동네 노마네 집에 치를 2원 주고 사주었다.

이 밖에도 미스터 방은 S소위에게 조선을 소개한 공로가 여러 가지로 많으나, 대강은 그러하였다.

그 공로에 정비례해서, 미스터 방은 나날이 훌륭하여져 갔다. 8·15 이전에 어떤 은행의 중역의 사택이라던 지금의 이 집으로,

현저동 그 집에서 옮아오기는 S소위의 통역이 되던 사흘 후였었다. 위아래층을 다, 양식 절반 일본식 절반으로 꾸민 호화스러운 저택이었다. 정원엔 때마침 단풍과 가을 화초가 아름다웠고, 연못에선 잉어가 뛰놀고 하였다.

시방 주객이 앉아 술을 마시는 방은, 앞으로 노대°가 딸리고 햇볕 잘 들고 밝아서, 여러 방 가운데 제일 좋은 방이었다. 그러나 방 안에는 벽에 그림 한 장 붙어 있는 바 아니요, 방에 알맞은 가구 한 벌 놓여 있는 바 아니요, 단지 방일 따름이어서 싱겁게 넓기만 하였다. 그렇지만 미스터 방은 실내의 장식 같은 것쯤 그다지 관심할 줄을 아직은 몰랐다.

처음엔 식모를 두었다. 그다음엔 침모°를 두었다. 그다음엔 손심부름할 계집아이를 두었다.

하루에도 방 선생을 찾는 이가 여러 패씩 있었다. 그들의 대개는 자동차를 타고 오고, 인력거짜리°도 흔치 않았다. 그렇게 찾아오는 그들은 결단코 빈손으로 오는 법이 드물었다. 좋은 양과자 상자 밑바닥에는 으레껏 따로이 뿌듯한 봉투가 들었곤 하였다.

• 노대 2층 이상의 양옥에서, 건물 벽면 바깥으로 돌출되어 난간이나 낮은 벽으로 둘러싸인 뜬 바닥이나 마루. 발코니.
• 침모 남의 집에 매여 바느질을 맡아 하고 일정한 품삯을 받는 여자.
• -짜리 '그런 차림을 한 사람'의 뜻을 더하는 접미사. 여기서는 '그런 것을 타고 온 사람'의 뜻으로 쓰임.

미스터 방의, 신기료장수 코빼뚤이 삼복이로부터의 발신* 경로
란 이렇듯 심히 간단하고 순조로운 것이었었다.

　주인 미스터 방이 백 주사의 컵에다 술을 따르려고 병을 집어
들다가,
　"오—이, 기미코!"
하고 아래층으로 대고 부른다.
　"심부럼 갔어요."
　애꾸쟁이 마누라의 꼬챙이 같은 대답.
　"안주 어떻게 됐어?"
　"글쎄, 안주 시키러 갔어요."
　"정종 있지?"
　"……."
　층계 밟는 소리가 나더니, 퍼머넌트한 머리가 나오고, 좁디좁은
이마에 이어서 애꾸눈이 나오고, 분 바른 얼굴이 나오고, 원피스
입은 커—다란 젖통의 가슴이 나오고, 마지막 비단 양말 신은 두
리기둥* 같은 두 다리가 나오고 한다.
　"서 주사가 이거 두구 갑디다."

* 발신 천하거나 가난한 처지를 벗어나 앞길이 훤히 트임.
* 두리기둥 둘레를 둥그렇게 깎아 만든 기둥.

213

들고 올라온 각봉투 한 장을 남편에게 건네어 준다.

"어디?"

그러면서 받아 봉을 뜯는다. 소절수° 한 장이 나온다.

액면 만 원짜리다.

미스터 방은 성을 벌컥 내면서,

"겨우 돈 만 원야?"

하고 소절수를 다다미° 바닥에다 홱 내던진다.

"내가 알우?"

"우라질 자식! 어디 보자! 그래 저는 그걸 십만 원에 불하° 맡아
다 백만 원 하난 냉겨먹을 테문서, 그래 겨우 돈 만 원야? 엠병헐
자식, 내가 엠피(MP)헌테 말 한마디문, 전 어느 지경 갈지 모를 줄
모르구서."

"정종으루 가져와요?"

"내 말 한마디에 죽을 눔이 살아나구, 살 눔이 죽구 허는 줄을
모르구서. 흥, 이 자식 경° 좀 쳐봐라. 정종 따근허게 데와. 날두
산산허구 허니."

새로이 안주가 오고, 따끈한 정종으로 술이 몇 잔 더 오락가락

- 소절수 수표.
- 다다미 마루방에 까는 일본식 돗자리.
- 불하 국가 또는 공공단체의 재산을 개인에게 팔아넘기는 일.
- 경 몹시 심한 형벌. '경치다'는 '혹독하게 벌을 받다'의 뜻.

하고 나서였다.

백 주사는 마침내, 진작부터 벼르던 이야기를 꺼내었다.

백 주사의 아들 백선봉은 순사 임명장을 받아 쥐면서부터 시작하여 8·15 그 전날까지 7년 동안 세 곳 주재소와 두 곳 경찰서를 전근하여 다니면서, 200석 추수의 토지와 만 원짜리 저금통장과 만 원어치가 넘는 옷이며 비단과 역시 만 원어치가 넘는 여편네의 패물과를 장만하였다. 남들은 주린 창자를 졸라맬 때 그의 광에는 옥 같은 정백미가 몇 가마니씩 쌓였고, 반년 일 년을 남들은 구경도 못하는 고기와 생선이 끼니마다 상에 오르지 않는 날이 없었다.

××경찰서의 경제계 주임으로 있던 마지막 2년 동안은 더욱더 호화판이었었다. 8·15 그날 밤, 군중이 그의 집을 습격하였을 때에 쏟아져 나온 물건이 쌀 말고도,

광목 여섯 필

고무신 스물세 켤레

지까다비˚ 여덟 켤레

빨랫비누 세 궤짝

양말 오십 타˚

˚ 지까다비 노동자용의 작업화. 검고 질긴 천으로, 왜버선 모양에 고무창을 대어 만듦.
˚ 타 물건 열두 개를 한 단위로 세는 말.

정종 열세 병

설탕 한 부대

이렇게 있었더란다. 만 원어치 여편네의 패물과 만 원어치의 옷감이며 비단과 만 원짜리 저금통장은 그만두고 말이었다.

물건 하나 없이 죄다 빼앗기고, 집과 세간은 조각도 못 쓰게 산산 다 부시고, 백 선봉은 팔이 부러지고, 첩은 머리가 절반이나 뽑히고, 겨우겨우 목숨만 살아 본집으로 도망해 왔다.

일변 고을에서는 백 주사가 자식이 그런 짓을 해서 산 토지를 가지고 동네 사람한테 거만히 굴고, 작인들한테 8할 가까운 도지*를 받고, 고리대금을 하고 하였대서, 백선봉이 도망해 와 눕는 그날 밤, 그의 본집인 백 주사의 집을 습격하였다.

집과 세간 죄다 부수고, 백선봉이 보낸 통제 배급물자 숱한 것 죄다 빼앗기고, 가족들은 죽을 매를 맞고, 백선봉은 처가로, 백 주사는 서울로 각기 피신하여 목숨만 우선 보전하였다.

백 주사는 비싼 여관 밥을 사 먹으면서, 울적히 거리를 오락가락, 어떻게 하면 이 분풀이를 할까, 어떻게 하면 빼앗긴 돈과 물건을 도로 다 찾을까 하고 궁리를 하던 것이나, 아무런 모책*도 없었다.

그러자 오늘은 우연히 이 미스터 방을 만났다. 종로를 지향 없

• 도지 남의 논밭을 빌려서 부치고 논밭을 빌린 대가로 해마다 내는 벼.
• 모책 어떤 일을 처리하거나 모면할 꾀를 세움. 또는 그 꾀.

이 거니는데, 지나가던 자동차가 스르르 멈추면서, 서양 사람과
같이 탔던 신사 양반 하나가 내려서더니, 어쩌다 눈이 마주치자,

"아, 백 주사 아니신가요"

하고 반기는 것이었었다.

자세히 보니, 무어 길바닥에서 신기료장수를 한다던 코삐뚤이
삼복이가 분명하였다.

"자네가, 저, 저, 방, 방……."

"네, 삼복입니다."

"아, 건데, 자네가……."

"허, 살 때가 됐답니다."

그러고는 '내 집으루 갑시다' 하고 잡아끄는 대로 끌리어 온 것
이었었다.

의표*하며, 집하며, 식모에 침모에 계집 하인까지 부리면서 사
는 것하며, 신수가 훤히 트여가지고 말도 제법 의젓하여진 것 같
은 것이며, 진소위* 개천에서 용이 났다고 할 것인지.

옛날의 영화가 꿈이 되고, 일조*에 몰락하여 가뜩이나 초상집
개처럼 초라한 자기가 또 한 번 어깨가 옴츠러듦을 느끼지 아니치
못하였다. 그런 데다 이 녀석이, 언제 적 저라고 무엄스럽게 굴어

• 의표 몸을 가지는 태도. 또는 차린 모습.
• 진소위 정말 그야말로.
• 일조 갑작스러울 정도의 짧은 시간.

심히 불쾌하였고, 그래서 엔간히 자리를 털고 일어설 생각이 몇 번이나 나지 아니한 것도 아니었었다. 그러나 참았다.

보아하니 큰 세도를 부리는 것이 분명하였다. 잘만 하면 그 힘을 빌려 분풀이와 빼앗긴 재물을 도로 찾을 여망이 있을 듯싶었다. 분풀이를 하고, 더구나 재물을 도로 찾고 하는 것이라면야 코 삐뚤이 삼복이는 말고 그보다 더한 놈한테라고도 머리 숙이는 것쯤 상관할 바 아니었다.

"그러니, 여보게 미씨다 방……."

있는 말 없는 말 보태가며 일장 경과 설명을 한 후에, 백 주사는 끝을 맺기를,

"어쨌든지 그놈들을 말이네. 그놈들을 한 놈 냉기지 말구섬 죄다 붙잡아다가 말이네. 괴수 놈들일랑 목을 썰어 죽이구, 다른 놈들일랑 뼉다구가 부러지두룩 두들겨주구. 꿇어앉히구 항복 받구. 그리구 빼앗긴 것 일일이 도루 다 찾구. 집터구 세간 처부신 것 말끔 다 물리구……. 그렇게만 해준다면, 내, 내, 재산 절반 노나주문세, 절반. 응, 여보게 미씨다 방."

"염려 마슈."

미스터 방은 선뜻 쾌한 대답이었다.

"진정인가?"

"머, 지끔 당장이래두, 내 입 한 번만 떨어진다 치면, 기관총 들

218

멘 엠피가 백 명이구 천 명이구 들끓어 내려가서, 들이˚ 쑥밭을 만
들어놉니다, 쑥밭을."

"고마우이!"

백 주사는 복수하여지는 광경을 서언히˚ 연상하면서, 미스터 방
의 손목을 덥쑥 잡는다.

"백골난망이겠네."

"놈들을 깡그리 죽여놀 테니, 보슈."

"자네라면야 어련하겠나."

"흰말이 아니라 참, 이승만 박사두 내 말 한마디면 고만 다 제바
리˚유."

미스터 방은 그러고는 냉수 그릇을 집어 한 모금 물고 꿀쩍꿀쩍
양치를 한다. 웬 버릇인지, 하여간 그는 미스터 방이 된 뒤로 술을
먹으면서 양치하는 버릇이 생겼었다.

양치한 물을 처치하려고 휘휘 둘러보다, 일어서서 노대로 성큼
성큼 나간다. 노대는 현관 정통 위였었다.

미스터 방이 그 걸쭉한 양칫물을 노대 아래로 아낌없이 좍 뱉는
바로 그 순간이었다. 그 순간이 공교롭게도, 마침 그를 찾으러 온
S소위가 현관으로 일단 들어서려다 말고(미스터 방이 노대로 나오는

• 들이 세차게 마구.
• 서언히 선히. 잊히지 않고 눈앞에 생생하게 보이는 듯이.
• 제바리 째바리. 째마리. 사람이나 물건 가운데서 가장 못된 찌꺼기.

기척이 들렸기 때문에) 뒤로 서너 걸음 도로 물러나,

"헬로."

부르면서 웃는 얼굴을 쳐드는 순간과 그만 일치가 되었었다.

"에구머니!"

놀라 질겁을 하였으나 이미 뱉어진 양칫물은 퀴퀴한 냄새와 더불어 백절폭포로 내리쏟혀, 웃으면서 쳐드는 S소위의 얼굴 정통에 가 촤르르.

"유…… 떼빌!"

이 기겁할* 자식이라고 S소위는 주먹질을 하면서 고함을 질렀고. 그 주먹이 쳐든 채 그대로 있다가, 일변 허둥지둥 버선발로 뛰쳐나와 손바닥을 싹싹 비비는 미스터 방의 턱을,

"상놈의 자식!"

하면서 철컥, 어퍼컷으로 한 대 갈겼더라고.

《대조》1946년 7월호에 실린 작품을 바탕으로 함.

• 기겁하다 숨이 막힐 듯이 갑작스럽게 겁을 내며 놀라다.

작품 이해하기

'낫 놓고 기역자도 못 그리는 판무식' 방삼복. '신기료장수 코삐뚤이' 방삼복. 그는 예의범절도 모르고 무식하며, 죄의식도 느끼지 못하는 인물이다. 이런 방삼복이 S라는 미군 소위의 통역을 계기로 '미스터 방'으로 불리게 된다. 이름만 달라진 것이 아니라 지위까지 상승한다. 방삼복이라는 이름을 가진 인물은 볼품이 없다. 그러나 미스터 방이라는 이름을 가진 인물은 떵떵거리며 산다. 이를 작가는 '승차'라고 부른다.

　해방 전에는 '일본으로 청국으로 10여 년을 타국 바람 쏘이고 온 놈이 겨우 고거야.'라는 비아냥이나 듣던 삼복은, 여러 나라를 떠돌며 조금 익혀놓은 영어 덕분에 과거 은행 중역이 살던 호화스러운 사택에서 산다. 주급 15불(240원)을 받으며, 양식 절반 일본식 절반으로 꾸민 호화스러운 저택에 살며, 식모와 침모와 손심부름할 계집아이를 두고 산다. 그리고 좋은 양과자 상자 밑바닥에는 으레 따로 뿌듯한 봉투가 들어 있는 뇌물을 받으며 산다.

　이런 방삼복 앞에 백 주사가 나타난다. 백 주사는 해방 전 아들이 순사 노릇을 하면서 모아놓았던 재산을 8·15 그날 군중의 습격으로 한 번에 잃자 그 복수심으로 사는 인물이다. 이 백 주사 또한 죄의식을 느끼지 못하는 인물이다. 제법 큰 권세를 누리듯이 보이는 방삼복을 만나자 미군을 통해 재산을 다시 찾을 방도를 부탁하려 한다. 방삼복은 그런 백 주사 앞에서 '흰말이 아니라 참, 이승만 박사두 내 말 한마디면 고만 다 제바리유.'라고 거만을 떤다. 이렇게 허세를 부리던 방삼복은 입안을 헹군 물을 S소위의 얼굴에 뱉는 실수로 S소위에게 '상놈의 자식!'이라는 말을 들으면서 턱에 어퍼컷을 맞는다. 해방이 되면서 코삐뚤이 방삼복은 미스터 방이 된다. 그러나 세상 무서울 것 없을 것 같은 미스터 방 방삼복은 미군에 의해 상놈의 자식으로 전락한다.

해방 전후 달라진 것과 그대로인 것을 가장 잘 보여주는 통찰력 있는 소설이 이 작품이다. 해방이 되어도 우리 민족은 여전히 비주체적인 존재이다. 주체가 일제에서 미군정으로 바뀌었을 뿐이다. 백 주사가 해방 전 누렸던 부가 일제에 빌붙어 얻어진 것이라면, 방삼복의 부는 미군정하에서 허락된 부인 것이다. 해방이 되어도 여전히 주체는 우리가 아니다. 일제와 미군정에 빌붙어 허세를 부리는 모습을 작가는 재치 있는 표현으로 풍자한다. 자기 앞에 놓인 힘과 부가 온전히 자신의 것이라고 착각하는 순간, 작가는 우리 앞에 놓은 진짜 현실을 보이며 풍자한다.

1946년에 발표된 이 소설은 방삼복이라는 보잘것없는 인물이 '미스터 방'이라는 인물로 인정받게 되는 과정을 풍자하고 있다. 해방 직후의 혼란스러운 사회에 교묘히 적응해 가는 기회주의적인 인물의 삶을 희화화하며 풍자적으로 그려 당시의 세태와 인간상을 비판하고 있다.

작품 깊이읽기

미스터 방

'툭 나온 눈방울, 왼편으로 삼십 도는 넉넉 삐뚤어진 코'를 가진 방삼복. '꼬삐뚤이, 판무식, 신기료장수' 방삼복. 12년이나 해외로 떠돌아다녔으나 고향을 떠날 적보다 차라리 더 초라해진 방삼복. 이 방삼복이 미스터 방이 된다. 몸에 지닌 재주 가운데 총기가 좀 좋아서 일찍이 영어 마디나 익힌 것을 잊어버리지 아니하여 S라는 미군 소위의 통역이 되어 주급 15달러가량을 받는 미스터 방이 된다. 자기가 조금 불편해졌다고 '독립은 우라진다구 독립을 헌담'이라고 생각하던 방삼복이 미스터 방으로 '승차'한다.

작가는 방삼복이라는 이름에서 미스터 방이라는 이름으로 바꾸어 부르는 것을 '승차'라고 표현한다. 승차란 한 관청 안에서 윗자리의 벼슬로 오르는 것을 뜻한다. 방삼복이 미스터 방이 되었다고 해서 벼슬을 한 것이 아니다. 그런데도 이렇게 승차라고 한 이유는 민족을 생각한다거나 정의를 염두에 두지 않는 방삼복을 풍자하기 위해서이다. 권력을 좇아 자신의 이익만을 추구하는 미스터 방과 같은 이기적이고 기회주의적인 사람을 희화화하여 비판하고 풍자하기 위해서이다.

시대적 배경

이 작품의 시대적 배경은 사회적·경제적으로 혼란한 시기였던 해방 직후이다. 이 해방은 우리의 힘으로 이룬 결과가 아니었기에 굉장히 혼란스러웠다. 친일파를 처단하지 못한 상황에서 남한은 미군정이 일제를 대신하게 된다. 이 혼란을 틈타 기회주의자와 친일파들이 득세하는 상황을 미스터 방과 백 주사를 통해 풍자한다. 기회주의자인 미스터 방과 친일파인 백 주사가 해방이라는 시대적 배경 속에서 어떻게 행동하는지를 적나라하게 보여준다. 일제에서 벗어났지만 여전히 일제강점기 못지않은 혼란한 시대. 작가는 이 시대 속으로 들어가 해방 정국의 혼란을 유머러스하게 그리고 있다.

킹 드링크 와인 앤드 댄스 앤드 씽, 위드 댄서

미스터 방은 미국인 S소위에게 기생하며 산다. 백 주사는 그런 미스터 방에 아부하고 아첨한다. 미스터 방이나 백 주사는 권력자에게 빌붙어 기생하며 산다. 이러한 모습은 해방 직후 혼란했던 우리 역사의 한 모습이리라. S소위 또한 조선에 대한 준비와 이해가 없다. 그런 S소위의 통역을 맡은 사람이 낫 놓고 기역자도 못 그리는 판무식 방삼복이다. 그러니 제대로 통역이 될 리 없다. 그러니 조선의 문화를 제대로 이해할 수도 없다.

작가는 미국인 S소위에게 잘못 통역하는 방삼복을 통해 S소위와 방삼복, 당시의 조선 사회를 모두 비판한다. 해방이 되었지만 제대로 돌아가지 않는 시대를 풍자한다. 그래서 경회루는 '임금이 기생 데리고 술 마시고 춤추고 노래 부르고 하던 집'이 된다.

이승만 박사두 내 말 한마디면 고만 다 제바리유

이 소설의 풍자 방식은 인물의 희화화이다. 보잘것없던 방삼복이라는 인물이 얼떨결에 미스터 방으로 불리게 되면서 일어나는 사건들을 우스꽝스럽게 보여준다. 제대로 통역도 못 하면서 뒤로 앉아 뇌물을 받는 방삼복. 그런 방삼복에게 아부를 하는 백 주사. 미스터 방은 백 주사 앞에서 허세를 부리면서 이승만 박사도 자기가 좌지우지할 수 있다고 허세를 떤다. 그러나 현실은 잘못 뱉은 양칫물 때문에 S소위에게 어퍼컷을 제대로 맞는 상황이다. 영어 몇 마디 배운 것으로 거드름을 피우는 미스터 방의 이 허세는 어퍼컷을 맞는 장면과 겹쳐지면서 웃음을 자아내게 한다. 이 장면은 미스터 방이라는 인물을 희화화한 장면이지만 이런 일이 일어나는 그 시대를 희화화하는 힘까지 가지게 된다.

논 이야기

1

일인들이 토지와 그 밖에 온갖 재산을 죄다 그대로 내어놓고, 보따리 하나에 몸만 쫓겨가게 되었다는 이야기를 듣는 한 생원은 어깨가 우쭐하였다.

"거 보슈, 송 생원. 인전 들˚, 내 생각 나시지?"

한 생원은 허연 탑삭부리˚에 묻힌 쪼글쪼글한 얼굴이 위아래 다섯 대밖에 안 남은 누—런 이빨과 함께 흐물흐물 웃는다.

"그러면 그렇지. 글쎄 놈들이 제아무리 영악하기로서니 논에다 네 귀탱이 말뚝 박구섬 인도깨비˚처럼, 어여차 어여차 땅을 떠가지구 갈 재주야 있을 이치가 있나요?"

한 생원은 참으로 일본이 항복을 하였고, 조선은 독립이 되었다는 그날(8월 15일 적)보다도 신이 나는 소식이었다. 자기가 한 말

· **인전 들** 이제는 다들.
· **탑삭부리** 짧고 촘촘하게 수염이 많이 난 사람. 여기서는 '그런 수염'을 뜻함.
· **인도깨비** 사람 모양을 한 도깨비.

228

(예언)이 꿈결같이도 이렇게 와 들어맞다니……. 그리고 자기가 한 말대로, 자기가 일인에게 팔아넘긴 땅이 꿈결같이도 도로 자기의 것이 되게 되었다니……. 이런, 세상에 신기하고 희한할 도리라고는 없었다.

조선이 독립이 되었다는 8월 15일 그때는 한 생원은 섬뻑 만세를 부르고 싶은 생각이 나지 않았어도, 이번에는 저절로 만세 소리가 나와지려고 하였다.

8월 15일 적에 마을에서는 젊은 사람들이 설도˚를 하여 태극기를 만들고, 닭을 추렴하고˚, 술을 사고 하여 놓고 조촐히 만세를 불렀다.

한 생원은 그 자리에 참례˚를 하지 아니하였다. 남들이 가서 같이 만세를 부르자고 하였으나, 한 생원은 조선이 독립이 되었다는 것이 별양 반가운 줄을 모르겠었다. 그저 덤덤할 뿐이었었다.

물론 일본이 항복을 하였으니 전쟁은 끝이 난 것이요, 전쟁이 끝이 났으니 벼 공출을 비롯하여 솔뿌리 공출이야, 마초˚ 공출이야, 채소 공출˚이야, 가지가지의 그 억울하고 성가신 공출이 없어

˚ 설도 사람이 지켜야 할 바른 도리를 설명하고 이끎.
˚ 추렴하다 여럿이 각각 얼마씩의 돈을 내어 거두다.
˚ 참례 참여. 참석.
˚ 공출 국민이 국가의 수요에 따라 농업 생산물이나 기물 따위를 의무적으로 정부에 내어 놓는 것.
˚ 마초 말을 먹이기 위한 풀.

지고 말 것이었다.

또 열여덟 살배기 손자놈 용길이가 징용에 뽑혀 나갈 염려가 없을 터이었다. 얼마나 한 생원은, 일찍이 아비를 여의고 늙은 손으로 여태껏 길러온 외톨 손자놈 용길이가 징용에 뽑히지 말게 하려고 구장과 면의 노무계 직원과 부락 담당 직원에게 굽은 허리를 굽실거리며 건사*를 물고 하였던고. 굶는 끼니를 더 굶어가면서 그들에게 쌀을 보내어 주기. 그들이 마을에 얼씬하면 부랴부랴 청해다 씨암탉 잡고 술대접하기. 한참 농사일이 몰릴 때라도, 내 농사는 손이 늦어도 용길이를 시켜 그들의 논에 모심고 김매어 주고 하기. 이 노릇에 흰머리가 도로 검어질 지경이요, 빚은 고패*가 넘도록 지고 하였다.

하던 것이 인제는 전쟁이 끝이 났으니, 징용 이짜*는 싹 씻은 듯 없어질 것. 마음 턱 놓고 두 발 쭉 뻗고 잠을 자도 좋았다.

이런 일을 생각하면 한 생원도 미상불* 다행스럽지 아니한 것은 아니었다. 그러나 오직 그뿐이었다.

독립?

신통할 것이 없었다.

---

* 건사 제게 딸린 것을 잘 보살피고 돌봄.
* 고패 '고팽이(어떤 일의 가장 어려운 상황)'의 사투리로 추정됨.
* 이짜 덕이나 은혜를 입은 사람으로부터 있을 것으로 기대하는 인사.
* 미상불 아닌 게 아니라 과연.

독립이 되기로서니 가난뱅이 농투성이가 별안간 나으리, 주사 될 리 만무하였다. 가난뱅이 농투성이가 남의 세토(소작) 얻어 비지땀 흘려가면서 일 년 농사지어 절반도 넘는 도지(소작료) 물고, 나머지로 굶으며 먹으며 연명이나 하여가기는 독립이 되거나 말 거나 매양 일반일 터이었다.

공출이야 징용이야 하여서 살기가 더럭 어려워지기는 전쟁이 나면서부터였었다. 전쟁이 나기 전에는 일 년 농사지어 작정한 도지 실수 않고 물면 모자라나마 아무 시비와 성가심 없이 내 것 삼아 놓고 먹을 수가 있었다.

징용도 전쟁이 나기 전에는 없던 풍도°였었다. 마음놓고 일을 하였고, 그것으로써 그만이었지, 달리는 근심·걱정될 것이 없었다.

전쟁 사품°에 생겨난 공출이니 징용이니 하는 것이 전쟁이 끝이 남으로써 없어진 다음에야, 독립이 되기 전 일본 정치 밑에서도 남의 세토 얻어 도지 물고 나머지나 천신하는° 가난뱅이 농투성이……. 독립이 되어서도 보나마나 남의 세토 얻어 도지 물고 나머지나 천신하는 가난뱅이 농투성이에서 벗어날 것이 없을진대, 한갓 전쟁이 끝이 나서 공출과 징용이 없어질 것이 다행일 따름이지, 독립이 되었다고 만세를 부르며 날뛰고 할 흥이 한 생원으로

• 풍도 풍경과 모양.
• 사품 어떤 일이 진행되는 바람이나 겨를.
• 천신하다 차례가 되어 겨우 얻다.

는 나는 것이 없었다.

　일인에게 빼앗겼던 나라를 도로 찾고, 그래서 우리도 다시 나라가 있게 되었다는 이 잔주˚도, 역시 한 생원에게는 시쁘둥한˚ 것이었다. 한 생원은 나라를 도로 찾는다는 것은 구한국 시절로 다시 돌아가는 것으로밖에는 달리는 생각할 수가 없었다.

　한 생원네는 한 생원의 아버지의 부지런으로 장만한 열세 마지기와 일곱 마지기의 두 자리 논이 있었다. 선대의 유업˚도 아니요, 공문서(空文書, 무등기) 땅을 거저 주운 것도 아니요, 버젓이 값을 내고 산 것이었다. 하되 그 돈은 체계˚나 돈놀이(고리대금업)로 모은 돈이 아니요, 품삯 받아 푼푼이 모으고 악의악식하면서˚ 모은 돈이었다. 피와 땀이 어린 땅이었다.

　그 피땀 어린 논 두 자리에서 열세 마지기를, 한 생원네는 산 지 겨우 5년 만에 고을 원(군수)에게 빼앗겨 버렸다.

　지금으로부터 50년 전, '갑오, 을미, 병신' 하는 병신년, 한 생원의 나이 스물한 살 적이었다.

　그 전해 을미년 늦은 가을에 김아무(김모)라는 원이 동학란에

• **잔주** 자질구레하게 늘어놓는 말.
• **시쁘둥하다** 마음에 차지 아니하여 아주 시들한 기색이 있다.
• **유업** 선대부터 이어온 사업.
• **체계** 예전에, 장에서 비싼 이자로 돈을 꾸어주고 장날마다 본전의 일부와 이자를 받아들이던 일.
• **악의악식하다** 너절하고 조잡한 옷을 입고 맛없는 음식을 먹다.

도망 뺀 원 대신으로 새로이 도임을 해 와서 동학의 잔당을 비질
하듯 잡아 죽였다.

피비린내 나는 살육이 이듬해 병신년 봄까지 계속되었고, 그리
고 여름…… 인제는 다 지났거니 하여 겨우 안도를 한 참인데, 한
태수(한 생원의 아버지)가 원두막에서 동헌으로 붙잡혀 가 옥에 갇
히었다. 혐의는 동학에 가담하였다는 것이었다.

한태수는 전혀 동학에 가담한 일이 없었다. 그의 말대로 하면,
동학 근처에도 가보지 아니한 사람이었다.

옥에 가두어놓고는 매일 끌어내다 실토를 하고 동류°의 성명을
불라고 주리를 틀면서 문초°를 하였다. 육십이 넘은 늙은 정강이
가 살이 으깨어지고 뼈가 아스러졌다.

나중 가서야 어찌 될 값에, 당장의 아픔을 견디다 못하여 동학
에 가담하였노라고 자복°을 하였다. 입에서 나오는 대로 아는 사
람의 이름을 불렀다.

불린 일곱 사람이 잡혀 들어와 같은 문초를 받았다. 처음에는
다들 내뻗었으나° 원체 아픔을 이기지 못하여 자복을 하였다.

남은 것은 처형을 하는 것뿐이었다.

• 동류 같은 무리.
• 문초 죄나 잘못을 따져 묻거나 심문함.
• 자복 저지른 죄를 자백하고 복종함.
• 내뻗다 기세가 꺾이거나 하지 않고 줄곧 뻗대다.

233

하루는 이방이 한태수의 아내와 아들(한 생원)을 조용히 불렀다.

이방은 모자더러, 좌우간 살려낼 도리를 하여야 않느냐고 하였다.

모자는 엎드려 빌면서, 제발 이방님 덕택에 목숨만 살려지이다고 하였다.

"꼭 한 가지 묘책이 있기는 있는데…… 그럼 내가 시키는 대로 할 테냐?"

"불 속이라도 뛰어 들어가겠습니다."

"논문서를 가져오너라. 사또께다 바쳐라."

"논문서를요?"

"아까우냐?"

"……."

"가장이나 아비의 목숨보담 논이 더 소중하냐?"

"그 땅이 다른 땅과도 달라서……."

"정히 그렇게 아깝거든 고만두는 것이고."

"논문서만 가져다 바치면 정녕 모면을 할까요?"

"아니 될 노릇을 시킬까?"

"그럼 이 길로 나가서 가지고 오겠습니다."

"밤에 조용히 내아(관사)로 오도록 하여라. 나도 와서 있을 테니. 그리고 네 논이 두 자리가 있겠다?"

"네."

"열세 마지기와 일곱 마지기?"

"네."

"그 열세 마지기를 가지고 오너라."

"열세 마지기를요?"

"아까우냐?"

"……."

"아깝거들랑 고만두려무나."

"그걸 바치고 나면 소인네는 논 겨우 일곱 마지기를 가지고 수다한 권솔˚에 살아갈 방도가……."

"당장 가장이나 아비의 목숨은 어데로 갔던지?"

"……."

"땅이야 다시 장만도 할 수가 있는 것이 아니냐?"

모자는 서로 돌아보면서 말하였다.

"바칩시다."

"바치자."

사흘 만에 한태수는 놓여나왔다.

다른 일곱 명도 이방이 각기 사이에 들어 각기 얼마씩의 땅을 바치고 놓여나왔다.

그 뒤 경술년에 일본이 조선을 합방하여 나라는 망하였다.

˚ 권솔 한집에 거느리고 사는 식구.

사람들이 나라 망한 것을 원통히 여길 때 한 생원은,

"그깟 놈의 나라, 시원히 잘 망했지."

하였다. 한 생원 같은 사람으로는 나라란 백성에게 고통이지 하나도 고마운 것이 아니었다. 또 꼭 있어야 할 요긴한 것도 아니었다.

그런 나라라는 것을 도로 찾았다고 하여 섬뻑 감격이 일지 아니한 것도 일변 의당한* 노릇이라 할 것이었다.

논 스무 마지기에서 열세 마지기를 빼앗기고 나니, 원통한 것도 원통한 것이지만 앞으로 일이 딱하였다. 논이나 겨우 일곱 마지기를 가지고는 어림도 없었다.

하릴없이 남의 세토를 얻어 그 보충을 하여야 하였다. 그러나 남의 세토는 도지를 물어야 하는 것이라, 힘은 내 논을 지을 때와 마찬가지로 들면서도 가을에 가서 차지*를 하기는 절반이 못 되는 것이었었다. 그렇지만 그렇다고 남의 세토를 소작 아니 할 수는 없었다.

이리하여 한 생원네는 나라, 명색이 망하지 않고 내 나라로 있을 적부터 가난한 소작농이었다.

경술년 나라가 망하고 36년 동안 일본의 다스림 밑에서도 같은 가난한 소작농이었다.

* 의당하다 마땅히 그러하다. 당연하다.
* 차지 수확량에서 도지를 빼는 것.

236

그리고 속담에 '남의 불에 게 잡기'로 남의 덕에 나라를 도로 찾기는 하였다지만, 한국 말년의 나라만을 여겨 그 나라가 오죽할 리 없고, 여전히 남의 세토나 지어 먹는 가난한 소작농이기는 일반일 것이라고 한 생원은 생각하던 것이었다.

일본이 항복을 하던 바로 전의 삼사 년에, 공출이야 징용이야 하여서 별안간 군색함*과 불안이 생겼던 것이지, 그 밖에는 나라가 망하여 없어지고서 일본의 속국 백성으로 사는 것이, 경술년 이전 나라가 있어가지고 조선 백성으로 살 적보다 별양 못할 것이 한 생원에게는 없었다. 여전히 남의 세토를 지어 절반 이상이나 도지를 물고 그 나머지를 천신하는 가난한 소작인이요, 순사나 일인이나 면서기들의 교만과 압박이 원이나 아전이나 토박이들의 교만과 압박보다 못할 것도 없거니와 더할 것도 없었다.

독립이 된 이 앞으로도, 그것이 천지개벽이 아닌 이상 가난한 농투성이가 느닷없이 부자·장자* 될 이치가 없는 것이요, 원·아전·토반*이나 일본놈 대신에 만만하고 가난한 농투성이를 핍박하는 '권세 있는 양반들'이 생겨날 것이요 할 것이매, 빼앗겼던 나라를 도로 찾아 다시금 조선 백성이 되었다는 것이 조금도 신통하거나 반가울 것이 없었다.

---

* 군색하다 필요한 것이 없거나 모자라서 딱하고 옹색하다.
* 장자 큰 부자.
* 토반 여러 대를 이어서 그 지방에서 붙박이로 사는 양반.

원과 토반과 아전이 있어 토색질°이나 하고 붙잡아다 때리기나 하고 교만이나 피우고 하되, 세미(납세)는 국가의 이름으로 꼬박 꼬박 받아가면서 백성은 죽어야 모른 체를 하고 하는 나라의 백성으로도 살아보았다.

천하 오랑캐⋯⋯ 아비와 자식이 맞담배질을 하고, 남매간에 혼인을 하고, 뱀을 먹고 하는 왜인들이, 저희가 주인이랍시고서 교만을 부리고, 순사와 헌병은 칼바람에 조선 사람을 개·도야지 대접을 하고, 공출을 내어라, 징용을 나가거라, 야미°를 하지 마라 하면서 볶아대고, 또 '일본이 우리나라다, 나는 일본 백성이다' 이런 도무지 그럴 마음이 우러나지를 않는 억지춘향이° 노릇을 시키고 하는 나라의 백성으로도 살아보았다.

결국 그러고 보니, 나라라고 하는 것은 내 나라였건 남의 나라였건 있었댔자 백성에게 고통이나 주자는 것이지, 유익하고 고마울 것은 조금도 없는 물건이었다. 따라서 앞으로도 새 나라는 말고 더한 것이라도, 있어서 요긴할 것도, 없어서 아쉬울 일도 없을 것이었었다.

• 토색질 돈이나 물건 따위를 억지로 달라고 하는 짓.
• 야미 '뒷거래'를 뜻하는 일본말.
• 억지춘향이 원치 않는 일을 어쩔 수 없이 함을 이르는 말.

2

신해년…… 경술합방 바로 이듬해였다. 한 생원은(그때의 젊은 한덕문은) 빼앗기고 남은 논 일곱 마지기를 불가불 팔아야 할 형편에 이르렀다.

칠팔 명이나 되는 권솔인데, 내 논 일곱 마지기에다 남의 논이나 몇 마지기를 소작하여 가지고는 여간한 규모와 악의악식이 아니고서는 도저히 현상 유지를 하기가 어려웠다.

한덕문은 그 부친과는 달라 살림 규모가 없었다. 사람이 좀 허황하고 헤픈 편이었다.

부친 한태수가 죽고, 대신 당가산˚을 한 지 불과 오륙 년에 한덕문은 힘에 넘치는 빚을 졌다.

이 빚은 단순히 살림에 보태느라고만 진 빚은 아니었다.

한덕문은 허황하고 헤픈 값을 하느라고 술과 노름을 쏠쏠히˚ 좋아하였다.

일 년 농사를 지어야 일 년 가계가 번연히 모자라는데, 거기다 술을 먹고 노름을 하니, 늘어가는 게 빚밖에는 있을 것이 없었다.

빚은 갚아야 되었다.

˚ 당가산 가계 살림을 맡음.
˚ 쏠쏠히 보통 이상으로.

팔 것이라고는 논 일곱 마지기 그것뿐이었다.

한덕문이 빚을 이리 틀어막고 저리 틀어막고, 오늘로 밀고 내일로 밀고 하여오던 끝에, 마침내는 더 꼼짝을 할 도리가 없어 논을 팔기로 작정을 대었을 무렵에, 그러자 용말 사는 일인 길천이가 요새로 바싹 땅을 많이 사들인다는 소문이 들리었다. 그리고 값으로 말하여도, 썩 좋은 상답*이면 한 마지기(200평)에 스무 냥으로 스물닷 냥(20냥 이상 25냥, 4원 이상 5원)까지 내고, 아주 박토*라도 열 냥(2원) 안짝*은 없다고 하였다.

땅마지기나 가진 인근의 다른 농민들도 다들 그러하였지만, 한덕문은 그 중에서도 귀가 반짝 뜨였다.

시세의 갑절이었다.

고래실논*으로, 개똥배미* 상지상답이라야 한 마지기에 열 냥으로 열두어 냥(2원~2원 사오십 전)이요, 땅 나쁜 것은 기지개* 써야 닷 냥(1원)이었다.

'팔자!'

한덕문은 작정을 하였다.

- 상답 토양 조건과 물의 형편이 좋아서 농사가 잘되는 논.
- 박토 메마른 땅.
- 안짝 안쪽. 어떤 수효나 기준에 미치지 못함을 이르는 말
- 고래실논 바닥이 깊고 물길이 좋아 기름진 논.
- 개똥배미 개똥논(기름진 논)이 모여 있는 구역.
- 기지개 문맥상 '기껏'의 의미인 듯함. '기지개 써야'는 '기껏해야'로 추정됨.

일곱 마지기 논이 상지상답은 못 되어도 상답은 되니, 잘하면 열 냥은 받을 것. 열 냥이면 이칠십사 일백마흔 냥(28원).

빚이 이럭저럭 한 50냥(10원) 되니, 그것을 갚고 나면 90냥(18원)이 남아.

아흔 냥을 가지고 도로 논을 장만해. 판 일곱 마지기만 한 토리˚의 논을 사더라도 아홉 마지기를 살 수가 있어.

결국 논 한번 팔고 사고 하는 노름에, 빚 50냥 거저 갚고도 논은 두 마지기가 늘어 아홉 마지기가 생기는 판이 아니냐.

이런 어수룩한 노름을 아니 하잘 며리˚가 없는 것이었었다.

양친은 이미 다 없는 때요, 한덕문 그가 대주(호주)였으므로, 혼자서 일을 결단하여도 간섭을 받을 일은 없었다.

곡우˚ 머리의 어느 날, 한덕문은 맨발 짚신 풀상투˚에, 삿갓 쓰고 곰방대 물고, 마을에서 10리 상거˚의 용말 출입을 나갔다. 일인 길천이가 적실히 그렇게 후한 값으로 논을 사는지 진가˚를 알아보자 함이었다.

• **토리** 메마르거나 기름진 흙의 성질.
• **며리** '까닭'이나 '필요'의 뜻을 나타내는 말.
• **곡우** 24절기의 하나. 봄비가 내려서 온갖 곡식이 윤택해진다고 하는 날로, 양력으로는 4월 20일경이다.
• **풀상투** 푸상투. 아무렇게나 틀어 맨 상투. 또는 풀어져 느슨해진 상투.
• **상거** 서로 떨어짐. 떨어져 있는 두 곳의 거리.
• **진가** 진짜와 가짜.

금강 어귀의 항구 군산에서 시작되어 동북간 방으로 임피읍을 지나 용말로 나온 행길이 용말 동쪽 변두리에서 솜리(이리)로 가는 길과 황등장터(황등시)로 가는 길의 두 갈래 길로 갈리는 그 자리에 전주집이라는 주모가 업을 하고 있는 주막이 오도카니 홀로 놓여 있었다.

한덕문은 전주집과는 생소치 아니한 사이였다.

마당이자 바로 행길인 그 마당 앞에 섰는 한 그루의 실버들이 한창 푸르른 전주집네 주막, 살진 봄볕이 드리운 마루에 나란히 걸터앉아 세상 물정 이야기, 피차간 살아가는 이야기, 훨씬 한담을 하던 끝에 한덕문이 지날말*처럼 넌지시 묻는다.

"참, 저, 일인 길천이가 요새 땅을 많이 산다구?"

"많은 게 아니라, 그 녀석이 아마 이 근처 일판*을, 땅이라구 생긴 건 깡그리 쓸어 사자는 배폰*가 봅디다!"

"헷소문은 아니루구먼?"

"달리 큰 배포가 있던지, 그러잖으면 그 녀석이 상성(발광)을 했던지."

"……?"

"한 서방 어른두 속내 아는 배, 이 근처 논이 물 걱정 가뭄 걱정

---

* 지날말 별다른 의미 없이 하는 말.
* 일판 어떤 지역의 전부.
* 배포 머리를 써서 일을 조리 있게 계획함. 또는 그런 속마음.

없구, 한 마지기에 넉 섬은 먹는 논이라야 열 냥이 상값 아니우? 그런 걸 글쎄, 녀석은 스무 냥 스물댓 냥을 퍼주구 사는구라. 제 마석(한 두락°에 한 석)두 못 먹는 자갈 바탕의 박토라두, 논 명색이면 열 냥 안짝 잽히는 건 없구."

"허긴, 값이나 그렇게 월등히 많이 내야 일인한테 논을 팔지. 그러잖구서야 누가……."

"제엔장, 나두 진작에 논이나 시늉만 생긴 거라두 몇 섬지기 장만해 두었드라면 이런 판에 큰 횡잴 했지."

"그래, 많이들 와 파나?"

"대가릴 싸구 덤벼든답디다. 한 서방 어른두 논 좀 파시구랴. 이런 때 안 팔구 언제 팔우?"

"팔 논이 있나!"

이유와 조건의 어떠함을 물론하고, 농민이 논을 판다는 것은 남의 앞에 심히 떳떳스럽지 못한 일이었다. 번연히 내일모레면 다 알게 될값에°라도, 되도록 그런 기색을 숨기려고 드는 것이 통성°이었다.

뚜벅뚜벅 말굽 소리가 나더니, 말 탄 길천이가 주막 앞을 지난

---

* 두락 논밭 넓이의 단위. 한 두락은 지방마다 다르나 논은 약 150~300평, 밭은 약 100평 정도이다.
* -ㄹ값에 '-ㄹ망정'의 뜻.
* 통성 여럿이 공통으로 가지는 성질.

다. 언제나 그러하듯이, 깜장 됫박모자(중산모자*)에 깜장 복장(양복, 쓰메에리*)을 입고, 깜장 목 깊은 구두를 신고, 허리에는 육혈포*를 차고 하였다.

한덕문은 길에서 몇 차례 본 적이 있어 그가 길천인 줄을 안다.

"어디 갔다 와요?"

전주집이 웃으면서 알은체를 하는 것을, 길천은 웃지도 않으면서,

"응, 조─기. 우리, 나쁜 사레미 자바리(나쁜 사람 잡으러) 갔소왔소."

길천의 차인꾼*이요 통역꾼이요 한 백남술이가 밧줄로 결박을 지은 촌 젊은 사람 하나를 앞장세우고 뒤미처 나타났다.

죄수(?)는 상투가 풀어지고 발기발기 찢긴 옷과 면상으로 피가 묻고 한 것으로 보아, 한바탕 늑신* 두들겨 맞은 것이 역력하였다.

"어디 갔다 오시우?"

전주집이 이번에는 백남술더러 인사로 묻는다.

백남술은 분연히,

"남의 돈 집어먹구 도망 댕기는 놈은 죽어 싸지."

- **중산모자** 꼭대기가 둥글고 높은 서양 모자.
- **쓰메에리** 옷깃을 세운 옷을 가리키는 일본어.
- **육혈포** 탄알을 재는 구멍이 여섯 개 있는 권총.
- **차인꾼** 심부름꾼으로 부리는 사람.
- **늑신** 몸을 가누지 못할 정도로 심하게.

하면서 죄수에게 잔뜩 눈을 흘긴다.

그러고 나서 전주집더러,

"댕겨오께시니, 닭이나 한 마리 잡구 해놓게나. 놈을 붙잡느라구 한 승강* 했더니 목이 컬컬허이."

그러느라고 잠깐 한눈을 파는 순간이었다. 죄수가 밧줄 한끝 붙잡힌 것을 홱 뿌리치면서 몸을 날려 쏜살같이 오던 길로 내뺀다.

"엇!"

백남술이 병신처럼 놀라다 이내 죄수의 뒤를 쫓는다.

길천의 탄 말이 두 앞발을 번쩍 들어 머리를 돌리면서 땅을 차고 달린다. 그러면서 길천의 손에서 육혈포가 땅. 풀씬 연기가 나면서 재우쳐 땅.

죄수는 그러나 첫 한 방에 그대로 길바닥에 나동그라진다. 같은 순간 버선발로 뛰어 내려간 전주집이 에구머니 비명을 지른다.

죄수는 백남술에게 박승* 한끝을 다시 붙잡히어 일어난다. 길천은 피스톨 사격의 명인은 아니었었다. 그보다도 엄포의 공포 사격이었기가 쉬웠을 것이다.

일인에게 빚을 쓰는 것을 왜채(倭債)라고 하고, 이 젊은 친구는 왜채를 쓰고서 갚지 아니하고 몸을 피해 다니다가 붙잡힌 사람이

* 승강 서로 옳으니 그르니 다투는 일.
* 박승 죄인을 잡아 묶는 노끈.

245

었다.

 길천은 백남술이가,

 '이 사람은 논이 몇 마지기가 있소.'

하고 조사 보고를 하면 서슴지 아니하고 왜채를 주곤 한다. 이자
도 항용 체계나 장변°보다 헐하였다.

 빚을 주는 데는 무른 것 같아도 받는 데는 무서웠다.

 기한이 지나기를 기다려, 채무자를 제 집으로 데려다 감금을 하
고 사형(私刑)°으로써 빚 채근을 하였다.

 부형°이나 처자가 돈을 가지고 와서 빚을 갚는 날까지 감금과
사형을 느꾸지° 아니하였다.

 논문서를 가지고 오는 자리는 '우대'를 하였다. 이자를 탕감하
고 본전만 쳐서 논으로 받는 것이었었다. 논이 있는 사람은, 돈을
두어두고도 즐기어 논으로 갚고 하였다.

 한덕문은 다시 끌려가고 있는 죄수의 뒷모양을 우두커니 바라
다보면서,

 '젠장, 양반 호랑이도 지질한데°, 우환 중에 왜놈 호랭이까지 들

• 장변 장에서 꾸는 돈의 이자. 한 장도막, 곧 닷새 동안의 이자를 얼마로 셈한다.
• 사형 개인이 범죄자에게 벌을 주는 일.
• 부형 부모와 형제.
• 느꾸다 늦추다. 느슨하게 하다.
• 지질하다 '보잘것없고 변변하지 못하다.'라는 뜻인데, 문맥상 '지긋지긋하다'의 뜻으로 쓰
  인 듯함.

어와서 이 등쌀이니, 갈수록 죽어나는 건 만만한 백성뿐이로구나.'

'쯧, 번연히 알면서 왜채를 쓰는 사람이 잘못이지. 누구를 원망하나.'

'참새가 방앗간을 거저 지날까. 이왕 외상술이라도 한잔 먹고 일어설까, 어떡헐까?'

이런 생각을 하고 앉았는 차에, 생각지 않게 외가 편으로 아저씨뻘 되는 윤 첨지가 푸뜩 거기에 당도하였다. 윤 첨지는 황등장 터에서 제 논 석지기*나 지니고 탁신히* 사는 농민이었다.

아저씨 웬일이시냐고. 조카 잘 있었더냐고. 항용 하는 인사가 끝난 후에 이 동네 사는 길천이라는 일인이 값을 후히 내고 땅을 사들인다는 소문이 있으니 적실하냐고* 아까 한덕문이 전주집더러 묻던 말을 윤 첨지가 한덕문더러 묻는다.

그렇단다는 한덕문의 대답에, 윤 첨지는 이윽히 생각을 하고 있더니 혼잣말같이,

"그럼 나두 이왕 궐*한테다 팔아야 하겠군."

하다가 한덕문더러,

"황등까지 가서두 살까? 예서 20리나 되는데."

- 석지기 섬지기. 한 섬의 씨앗을 심을 만한 넓이의 논밭.
- 탁신히 문맥상 '착실히' 정도의 뜻인 듯함.
- 적실하다 틀림이 없이 확실하다.
- 궐 '그'를 낮잡아 이르는 말.

하고 묻는다.

"글쎄요……. 건데 논은 어째 파실 영으루?"

"허, 그거 온 참……. 저어 공주·한밭(대전)서 무안·목포루 철로가 새루 나는데, 그것이 계룡산 앞을 지나 연산·팥거리(두계)루 해서 논메(논산)·강경으루 나와가지구 황등장터를 지나게 된다네 그려."

"그런데요?"

"그런데 철로가 난다 치면 그 10리 안짝은 논을 죄 버리게 된다는 거야."

"어째서요?"

"차가 댕기는 바람에 땅이 울려가지구 모를 심어두 뿌릴 제대루 잡지 못하구 해서, 벼가 자라질 못한다네그려!"

"무슨 그럴 리가……."

"건 조카가 속을 몰라 하는 소리지. 속을 몰라 하는 소린 것이, 나두 작년 정월에 공주·한밭엘 갔다 그놈 차가 철로 위루 달리는 걸 구경했지만, 아 그 쇳덩이루 만든 집채 더미 같은 시꺼먼 수레가 찻길 위루 벼락치듯 달리는데, 땅바닥이 사뭇 움죽움죽하드라니깐! 여승° 지동(지진)이야……. 그러니, 땅이 그렇게 지동하듯 사철 들이 울리니, 근처 논이 모가 뿌리를 잡을 것이며 자라기를

• 여승 정확한 뜻을 알 수 없음.

할 것인가?"

"……."

듣고 보니 미상불 근리한 말이었다.

"몰랐으면이거니와 알구두 그대루 있겠던가? 그래 좀 덜 받더래두 팔아넘길려구 하구 있는데, 소문을 들으니 길천이라는 손이 요새 값을 시세보담 갑절씩이나 내구 논을 산다데나그려. 정녕 그렇다면 철로 조감*이 아니라두 팔아가지구 딴 데루 가서 판 논 갑절 되는 논을 장만함 직두 한 노릇인데, 항차*……."

"철로가 그렇게 난다는 건 아주 적실한가요?"

"말끔 다 측량을 하구, 말뚝을 박아놓구 한걸…… 황등장터 그 일판은 그래, 논들을 못 팔아 난리가 났다니까."

3

일인 길천이에게 일곱 마지기 논을 일백마흔 냥에 판 것과, 그중 쉰 냥은 빚을 갚은 것, 이것까지는 한덕문의 예산대로 되었었다.

그러나 나머지 아흔 냥으로 판 논 일곱 마지기보다 토리가 못

• 조감 피해 상황을 낱낱이 헤아림.
• 항차 더군다나. 하물며.

하지 아니한 논으로 두 마지기가 더한 아홉 마지기를 삼으로써 빚
쉰 냥은 공으로 갚고, 그러고도 논이 두 마지기가 붙게* 된다던 것
은 완전히 허사가 되고 말았다.

아무도 한덕문에게 상답 한 마지기를 열 냥씩에 팔려는 사람은
없었다. 이왕 일인 길천이에게 팔면 그 갑절 스무 냥씩을 받는 고
로 말이었다.

필경 돈 아흔 냥은 한덕문의 수중에서 한 반년 동안 구르는 동
안 스실사실* 다 없어지고 말았다.

이리하여 한덕문은 논 일곱 마지기로 겨우 빚 쉰 냥을 갚고는,
아무것도 남은 것이 없이 손 싹싹 털고 나선 셈이었다.

친구가 있어 한덕문을 책하면서 물었다.

"어떡허자구 논을 판단 말인가?"

"인제 두구 보게나."

"무얼 두구 보아?"

"일인들이 다 쫓겨가면 그 땅 도로 내 것 되지, 갈 데 있겠나?"

"쫓겨갈 놈이 논을 사겠나?"

"저이놈들이 천지 운수를 안다든가?"

"자네는 아나?"

* 붙다 분량이 수효가 많아지다.
* 스실사실 표나지 않게 조금씩.

"두구 보래두 그래."

한덕문은 혼자 속으로는 '아뿔싸, 논이라야 단지 그것뿐인 것을 팔고서, 인제는 송곳 꽂을 땅도 없으니 이 노릇을 어찌한단 말이냐'고 심히 후회하여 마지아니하였다.

그러면서도 남더러는 그렇게 배포 있게 장담을 탕탕 하였다.

한덕문은 장차에 일인들이 쫓겨가리라는 것을 확언할 아무런 근거도 가진 것이 없었다. 따라서 자신도 없었다. 오직 그는 논을 판 명예롭지 못함과 어리석음을 싸기 위하여, 그런 희떠운° 소리를 한 것일 따름이었다.

한덕문이, 일인들이 다 쫓겨가면 그 논이 도로 제 것이 될 터이라서 논을 팔았다고 한다더라. 이 소문이 한 입 두 입 퍼지자 듣는 사람마다 그의 희떠움을, 혹은 실없음을 웃었다.

하는 양을 보느라고 위정°,

"자네 논 팔았다면서?"

한다 치면,

"팔았지."

"어째서?"

"돈이 좀 아쉬워서."

---

* 희떱다 말이나 행동이 분에 넘치며 실속이 없다.
* 위정 '일부러'의 사투리.

"돈이 아쉽다구 논을 팔구서 어떡허자구?"

"일인들이 다 쫓겨가면 그 논 도루 내 것 되지, 갈 데 있나?"

"일인들이 쫓겨간다든가?"

"그럼 백 년 살까?"

또 누구는 수작을 바꾸어,

"일인들이 쫓겨간다지?"

한다 치면,

"그럼!"

"언제쯤 쫓겨가는구?"

"건 쫓겨가는 때 보아야 알지."

"에구 요 맹추야. 요 허풍선이*야. 우리나라 상감님을 쫓아내구 저이가 왕 노릇을 하는데 쫓겨가?"

"자넨 그럼 일인들이 안 쫓겨가구 영영 그대루 있으면 좋을 건 무언가?"

"좋기루 할 말이야 일러 무얼 하겠나만, 우리 좋구푼 대루 세상 일이 돼준다던가?"

"그래두 인제 내 말을 이를* 때가 오너니."

"괜히, 논 팔구섬 할 말 없거들랑 국으로* 잠자꾸 가만히나 있어

- 허풍선이 허풍을 잘 떠는 사람.
- 이르다 어떤 대상을 무엇이라고 이름 붙이거나 가리켜 말하다.
- 국으로 제 생긴 그대로. 또는 자기 주제에 맞게.

요."

"체에. 내 논 내가 팔아먹는데, 죄 될 일 있니?"

"걸 누가 죄라나?"

"길천이한테 논 팔아먹은 놈이 한덕문이 하나뿐인감?"

"누가 논 판 걸 나무래? 희떤 장담을 하니깐 그러는 거지."

"희떤 장담인지 아닌지 두구 보잔 말야."

이로부터 한덕문은 그 말로 인하여 마을과 인근에서 아주 호가 났고˙, 어느 겨를인지 그것이 한 속담까지 되었다.

가령 어떤 엉뚱한 계획을 세운다든지 허랑한 일을 시작하여 놓고서는 천연스럽게 성공을 자신한다든지 결과를 기다린다든지 하는 사람이 있다 치면,

"흥, 한덕문이 길천이게다 논 팔아먹던 대˙ 났구나."

하고 비웃곤 하는 것이었었다.

그 호, 그 속담은, 35년을 두고 전하여 내려왔다. 전하여 내려올 뿐만이 아니었다. 일본 제국주의의 조선에 있어서의 지반이 해가 갈수록 완구한˙ 것이 되어감을 따라, 더욱이 만주사변 때부터 시작하여 중일전쟁을 거쳐 태평양전쟁으로 일이 거창하게 벌어진 결과, 전쟁 수단으로써 조선의 가치는 안으로 밖으로, 적극적으

˙ 호가 나다 이름이 널리 알려지다.
˙ 대 두 사람이나 두 사물을 비교하거나 대조할 때의 상대.
˙ 완구하다 어떤 상태가 완전하여 오래 견딜 수 있다. 또는 오래갈 수 있다.

로 소극적으로 나날이 더 커감을 좇아 일본이 조선에다 박은 뿌리
는 더욱 깊이 뻗어 들어가고, 가지와 잎은 더욱 무성하여서 일본
이 조선으로부터 물러간다는 것은 독립과 한가지로 나날이 더 잠
꼬대 같은 생각이던 것처럼 되어버려 감을 따라, 그래서 한덕문의
장담하던 '일인들이 다 쫓겨가면……' 이 말이 해가 가고 날이 갈
수록 속절없이 무색하여 감을 따라, 그와 반비례하여 그 말의 속
담으로서의 가치와 효과만이 멸하지 않고 찬란히 빛을 내었다.

바로 8월 14일까지도 그러하였다. 8월 14일까지도 '흥, 한덕문이
길천이한테 논 팔아먹던 대 났구나'는 당당히 행세를 하였었다.

그랬던 것이, 8월 15일에 일본이 항복을 하고 조선은 독립(실상
은 우선 해방)이 되고 하였다. 그리고 며칠 아니 하여 '일인들이 토
지와 그 밖에 온갖 재산을 죄다 그대로 내어놓고 보따리 하나에
몸만 쫓겨가게 되었다'는 데까지 이르렀다.

한 생원(한덕문)의, '일인들이 다 쫓겨가면……'은 이리하여 부
득불 빛이 환하여지고 반대로, '한덕문이 길천이한테 논 팔아먹던
대 났구나'는 그만 얼굴이 벌게서 납작하고 말 수밖에 없었다.

4

"여보슈, 송 생원?"

한 생원이 허연 탑삭부리에 묻힌 쪼글쪼글한 얼굴이 위아래 다섯 대밖에 안 남은 누—런 이빨과 함께 흐물흐물 자꾸만 웃어지는 웃음을 언제까지고 거두지 못하면서, 그러다 별안간 송 생원의 팔을 잡아 흔들면서 아주 긴하게,

"우리 독립 만세 한번 부르실까?"

"남 다아 부르구 난 댐에, 건 불러 무얼 허우?"

송 생원은 한 생원과 달라 길천이한테 팔아먹은 논도 없으려니와, 따라서 일인들이 쫓겨가더라도 도로 찾을 논도 없었다.

"송 생원, 접때 마을에서 만세를 부를 제, 나가 부르셨던가?"

"난 그날 허리가 아파 꼼짝 못 하구 누웠었는걸."

"나두 그날 고만 못 불렀어."

"아따 못 불렀으면 못 불렀지, 늙은것들이 만세 좀 아니 불렀기루 귀양살이 보내겠수?"

"난 그래두 좀 섭섭해 그랬지요……. 그럼 송 생원 우리 술 한잔 자실까?"

"술이나 한잔 사주신다면."

"주막으루 나갑시다."

두 늙은이가 지팡이를 짚고 마을에 단 한 집밖에 없는 주막으로 나갔다.

"에구머니, 독립두 되구 볼 거야. 영감님들이 술을 다 자시러 오시구."

20년이나 여기서 주막을 하느라고 인제는 중늙은이가 된 주모 판쇠네가, 손님을 환영이라기보다 다뿍 걱정스러워한다.

"미리서 외상인 줄이나 알구, 술 좀 주게나."

한 생원이 그러면서 술청*으로 들어가 앉는 것을, 송 생원도 따라 들어가 앉으면서 주모더러,

"외상 두둑이 드리게. 수가 나셨다네."

"독립되는 운덤*에 어느 고을 원님이나 한자리해 가시는감?"

"원님을 걸 누가 성가시게, 흐흐……."

한 생원은 그러다 다시,

"거, 안주가 무어 좀 있나?"

"안주두 벤벤찮구, 술두 막걸린 없구 소주뿐인걸. 노인네들이 소주 잡숫구 어떡허시게."

"아따 오줌은 우리가 아니 싸리."

젊었을 적에는 동이 술을 사양치 아니하던 영감들이었다. 그러나 둘이가 다 내일모레가 칠십. 더구나 자주자주는 술을 입에 대지 않던 차에, 싱겁다고는 하지만 소주를 칠팔 잔씩이나 하였으니 과음일 수밖에 없었다.

송 생원은 그대로 술청에 쓰러져 과연 소변을 저리기까지 하였다.

• 술청 술을 따라 놓는 널빤지로 만든 긴 탁자를 두고 술을 마실 수 있게 한 곳.
• 운덤 운이 좋아 덤으로 생기는 소득.

한 생원은 송 생원보다는 아직 기운이 조금은 좋은 덕에, 정신을 놓거나 몸을 가누지 못할 지경은 아니었다.

"우리 논을 좀 보러 가야지, 우리 논을. 서른다섯 해 만에 우리 논을 보러 간단 말야. 흐흐흐."

비틀거리면서 한 생원은 술청으로부터 나온다.

주모 판쇠네가 성화가 나서,

"방으루 들어가 누우셨다 술 깨신 댐에 가세요. 노인네들 술 드렸다구 날 또 욕허게 됐구먼."

"논 보러 가, 논. 길천이게다 판 우리 논. 흐흐흐, 서른다섯 해 만에 도루 찾은 우리 일곱 마지기 논. 흐흐흐."

"글쎄 논은 이댐에 보러 가시지, 어디루 가요?"

"날 희떤 소리 한다구들 웃었지. 미친놈이라구 웃었지, 들. 흐흐, 서른다섯 해 만에 내 말이 들어맞을 줄을 누가 알았어? 흐흐흐."

말은 혀 꼬부라진 소리로, 몸은 위태로이 비틀거리면서 한 생원은 지팡이를 휘젓고 밖으로 나간다.

나가다 동네 젊은 사람과 마주쳤다.

"아, 한 생원! 웬일이세요?"

"논 보러 간다, 논. 흐흐흐. 너두 이 녀석, 한덕문이 길천이한테 논 팔아먹던 대 났구나, 그런 소리 더러 했었지? 인제두 그런 소리가 나오까?"

"취하셨군요."

"나, 외상술 먹었지. 논 찾았은간 또 팔아서 술값 갚으면 고만이지. 그럼 한 서른다섯 해 만에 또 내 것 되겠지, 흐흐흐. 그렇지만 인전 안 팔지, 안 팔아. 우리 용길이놈 물려줘여지, 우리 용길이놈."

"참, 용길이 요새 있죠?"

"있지. 길천이한테 팔아먹었을까?"

"저— 읍내 사는 영남이가 산판* 하날 사서 벌목을 하는데, 이 동네 사람들더러 와 남구* 비어주구 그 대신 우죽(지엽)* 가져가라구 하니, 용길이두 며칠 보내서 땔나무나 좀 장만하시죠."

"걸 누가……. 논을 도루 찾았는데."

"논만 찾으면 땔나문 없어두 사시나요?"

"논두 없이두 서른다섯 해나 살지 않았느냐?"

"허허 참. 그러지 마시구 며칠 보내세요. 어서서 다 비어버려야 할 텐데, 도무지 사람을 못 구해 그러니, 절더러 부디 그럭허두룩 서둘러 달라구 영남이가 여간만 부탁을 해싸여죠. 아 바루 동네서 가찹겠다*, 져 나르기 수얼허구……. 요 위 가잿골 있는 길천농장 멧갓*이래요."

"무어?"

• 산판 나무를 함부로 베지 못하게 가꾸는 산.
• 남구 나무.
• 우죽 나뭇가지.
• 가찹다 가깝다.
• 멧갓 산.

한 생원은 별안간 정신이 번쩍 나면서 대어든다.

"가잿골 있는 길천농장 멧갓이라구?"

"네."

"네—라니? 그 멧갓이…… 가만있자, 아—니, 그 멧갓이 뉘 멧갓이길래?"

"길천농장 멧갓 아녜요? 걸 영남이가, 일인들이 이번에 거덜°이 나는 바람에 농장 산림 감독하던 강 서방한테 샀대요."

"하, 이런 도적놈들. 이런 천하 불한당놈들. 그래, 지끔두 벌목을 하구 있드냐?"

"오늘버틈 시작했다나 봐요."

"하, 이런 천하 날불한당놈들이."

한 생원은 천방지축으로 가잿골을 향하여 비틀걸음을 친다.

솔은 잘 자라지 않고, 개간하여 밭을 만들자 하니 힘이 부치고 하여, 이름만 멧갓이지 있으나 마나 한 멧갓 한 자리가 있었다. 한 삼천 평 될까 말까, 그다지 크지도 못한 것이었었다.

이 멧갓을 한 생원은 길천이에게다 논을 팔던 이듬핸지 그 이듬핸지, 돈은 아쉽고 한 판에 또한 어수룩히 비싼 값으로 팔아넘겼었다.

길천은 그 멧갓에다 낙엽송을 심어, 30여 년이 지난 지금 와서

• 거덜: 재산·살림 같은 것이 여지없이 허물어지거나 없어지는 것.

는 아주 헌다헌* 산림이 되었었다.

늙은이의 총기요, 논을 도로 찾게 되었다는 것에만 정신이 팔려, 깜빡 멧갓 생각은 미처 아직 못 하였던 모양이었다.

마침 전신주 감*의 쪽쪽 곧은 낙엽송이 총총들이 섰다. 베기에 아까워 보이는 나무였다.

한 서넛이나가 한편에서부터 깡그리 베어 눕히고, 일변 우죽을 치고 한다.

"이놈, 이 불한당놈들. 이 멧갓 벌목한다는 놈이 어떤 놈이냐?"

비틀거리면서 고함을 치고 쫓아오는 한 생원을, 사람들은 영문을 몰라 일하던 손을 멈추고 뻐언히 바라다보고 섰다.

"이놈, 너루구나?"

한 생원은 영남이라는 읍내 사람 벌목 주인 앞으로 달려들면서, 한 대 갈길 듯이 지팡이를 둘러멘다.

명색이 읍 사람이라서, 촌 농투성이에게 무단히 해거*를 당하면서 공수하거나* 늙은이 대접을 하려고는 않는다.

"아—니, 이 늙은이가 환장을 했나? 왜 그러는 거야, 왜?"

"이놈, 너 이 멧갓을 손을 대느냐?"

- 헌다헌 훌륭한. 상당한.
- 감 그것을 만들 재료가 될 만한 것.
- 해거 괴상하고 얄궂은 짓.
- 공수하다 공경의 뜻을 나타내다. 팔짱을 끼고 아무 일도 하지 않다.

"무슨 상관여?"

"어째 이놈아, 상관이 없느냐?"

"뉘 멧갓이길래?"

"내 멧갓이다. 한덕문이 멧갓이다, 이놈아."

"허허, 내 별꼴 다 보네. 괜시리 술잔 든질렀거들랑* 고이 삭히진 아녀구서, 나이께 먹은 것이 왜 남 일하는 데 와서 이 행악*야, 행악이. 늙은인 다리빽다구 부러지지 말란 법 있나?"

"오냐, 이놈. 날 죽여라. 너구 나구 죽자."

"대체 내력을 말을 해요. 무엇 때문에 이 야론*지, 내력을 말을 해요."

"이 멧갓이 그새까진 길천이 것이라두, 조선이 독립됐은깐 인전 내 것이란 말야, 이놈아."

"조선이 독립이 됐는데, 어째 길천이 멧갓이 한덕문이 것이 되는구?"

"길천인, 일인들은 땅을 죄다 내놓구 간깐, 그전 임자가 도루 차지하는 게 옳지, 무슨 말이냐?"

"오오, 이녁*이 이 멧갓을 전에 길천이한테다 팔았다?"

- 든지르다 들이지르다. 닥치는 대로 흉하게 많이 먹다.
- 행악 모질고 나쁜 짓을 행함. 또는 그런 행동.
- 야료 까닭 없이 트집을 잡고 함부로 떠들어댐.
- 이녁 듣는 이를 조금 낮추어 이르는 이인칭 대명사.

"그래서?"

"그랬으니깐, 일인들이 땅을 다 내놓구 가니깐, 이녁은 팔았던 땅을 공짜루 도루 차지하겠다?"

"그래서?"

"그 개 뭣 같은 소리 인전 엔간치 해두구, 어서 없어져 버려요. 난 뻐젓이 길천농장 산림관리인 강태식이한테 시퍼런 돈 이천 환 주구서 계약서 받구 샀어요. 강태식인 길천이가 해준 위임장 가지구 팔구. 돈 내구 산 사람이 임자지, 저— 옛날 돈 받구 팔아먹은 사람이 임잘까?"

8·15 직후, 낡은 법이 없어지고 새로운 영°이 서기 전 혼란한 틈을 타서, 잇속에 눈이 밝은 무리들이 일본인 농장이나 회사의 관리자와 부동°이 되어가지고 일인의 재산을 부당히 처분하여 배를 불린 일이 허다하였다. 이 산판 사건도 그런 것의 하나였다.

5

그 뒤 훨씬 지나서.

* 영 법률과 명령.
* 부동 그른 일에 어울려 한통속이 됨.

일인의 재산을 조선 사람에게 판다, 이런 소문이 들렸다.

사실이라고 한다면 한 생원은 그 논 일곱 마지기를 돈을 내고 사지 않고서는 도로 차지할 수가 없을 판이었다. 물론 한 생원에게는 그런 재력이 없거니와, 도대체 전의 임자가 있는데 그것을 아무나에게 판다는 것이 한 생원으로 보기에는 불합리한 처사였다.

한 생원은 분이 나서 두 주먹을 쥐고 구장*에게로 쫓아갔다.

"그래 일인들이 죄다 내놓구 가는 것을 백성들더러 돈을 내구 사라구 마련을 했다면서?"

"아직 자세힌 모르겠어두, 아마 그렇게 되기가 쉬우리라구들 하드군요."

8·15 후에 새로 난 구장의 대답이었다.

"그런 놈의 법이 어딨단 말인가? 그래, 누가 그렇게 마련을 했는구?"

"나라에서 그랬을 테죠."

"나라?"

"우리 조선나라요."

"나라가 다 무어 말라비틀어진 거야? 나라 명색이 내게 무얼 해준 게 있길래, 이번엔 일인이 내놓구 가는 내 땅을 저이가 팔아먹

---

* 구장 지금의 이장이나 통장을 이르는 말.

263

으려구 들어? 그게 나라야?"

"일인의 재산이 우리 조선나라 재산이 되는 거야 당연한 일이죠."

"당연?"

"그렇죠."

"흥, 가만둬 두면 저절루 백성의 것이 될걸. 나라 명색은 가만히 앉었다 어디서 툭 튀어나와 가지구 걸 뺏어서 팔아먹어? 그따위 행사가 어딨다든가?"

"한 생원은 그 논이랑 멧갓이랑 길천이한테 돈을 받구 파셨으니간 임자로 말하면 길천이지 한 생원인가요?"

"암만 팔았어두, 길천이가 내놓구 쫓겨갔은간 도루 내 것이 돼야 옳지, 무슨 말야. 걸, 무슨 탁*에 나라가 뺏을려구 들어?"

"한 생원한테 뺏는 게 아니라 길천이한테 뺏는 거랍니다."

"흥, 둘러다 대긴 잘들 허이. 공동묘지 가보게나. 펑계 없는 무덤 있던가? 저— 병신년에 원놈(군수) 김가가 우리 논 열두 마지기 뺏을 제두 펑곈 다 있었드라네."

"좌우간 아직 그렇게 지레 염렬 하실 게 아니라, 기대리구 있느라면 나라에서 다 억울치 않두룩 처단을 하겠죠."

"일없네. 난 오늘버틈 도루 나라 없는 백성이네. 제—길, 36년두 나라 없이 살아왔을려드냐. 아—니 글쎄, 나라가 있으면 백성한테

---

* 탁 턱. 마땅히 그리하여야 할 까닭이나 이치.

264

무얼 좀 고마운 노릇을 해주어야 백성두 나라를 믿구 나라에다 마음을 붙이구 살지. 독립이 됐다면서 고작 그래, 백성이 차지할 땅 뺏어서 팔아먹는 게 나라 명색야?"

그러고는 털고 일어서면서 혼잣말로,

"독립됐다구 했을 제, 내 만세 안 부르기 잘했지."

《협동》1946년 10월호에 실린 작품을 바탕으로 함.

작품 이해하기

1946년에 발표된 이 소설은 〈맹순사〉, 〈미스터 방〉과 함께 해방 후 쓴 작품 가운데 가장 빼어난 작품으로 평가된다. 이 세 소설의 공통점은 해방이 반갑지 않은 사람들이 등장한다는 점이다. 일제강점기에 뇌물을 받거나, 돈을 빌리고 갚지 않거나, 술대접을 부지기수로 받은 맹순사. 남들이 주린 창자를 졸라맬 때 광에 쌀을 몇 가마니씩 쌓아놓고 살던 〈미스터 방〉의 백 주사. 그리고 해방이 별다른 감격으로 다가오지 않는 〈논 이야기〉의 한 생원. 이 세 주인공은 해방이 달갑지 않다. 해방이 되어도 달라지는 것이 없거나 더 나빠지기 때문이다.

이 소설의 줄거리는 간단하다. 해방이 되자 일본인들이 온갖 재산을 그대로 내놓고 달아나게 되었다는 이야기를 들은 한 생원은 어깨가 우쭐한다. 소농이었던 한 생원의 아버지 한태수는 고을 수령이 동학에 가담했다는 누명을 씌워 그의 논을 빼앗아 간다. 일제강점기에 한 생원은 나머지 논 일곱 마지기도 술과 노름, 그리고 살림에 진 빚을 갚기 위해 일본인 길천에게 팔아넘긴다. 시세의 곱절 값으로 땅을 모조리 사 모으던 길천에게 비싼 값으로 팔고 싼 값으로 다른 땅을 사려 했으나 그러지 못하고 해방을 맞는다. 해방이 되자 한 생원은 길천에게 팔아넘긴 땅을 보러 나서지만, 그 땅은 이미 농장 관리인 강태식을 거쳐 다른 사람에게 소유권이 넘어간 뒤다. 자기 땅을 찾을 수 없게 된 한 생원은 '독립됐다구 했을 제, 내 만세 안 부르기 잘했지.'라고 중얼거린다. 국가에 대한 냉소적인 태도를 그대로 드러낸 표현이다.

한 생원네는 '나라, 명색이 망하지 않고 내 나라로 있을 적부터 가난한 소작농'이었다. 이런 한 생원에게 나라를 빼앗기지 않았던 구한말은 아버지 한태수가 억울하게 동학의 잔당으로 몰려 고초를 겪은 장면으로 남는다. 구한말 조선은 한태수를 동학의 잔당으로 교묘하게 몰아 아버지의 피와 땀이 어린 땅을 빼앗는다. 이런 기억을 가진 한 생원은 그래서 일제에게 나라를 빼앗겼을 때 '그깟 놈의 나라, 시원히 잘 망했지.'라고 말한다. 그래도 해방이 되었으니 한 생원은 다시 땅을 찾을 수 있을지 모른다는 희망을 품는다. 일본인이 주인이었던 땅은 다시 원주인의 것이 될 거라고 믿었기 때문이다. 그러나 그런 한 생원 앞에 계약서를 가진 새 주인이 등장하자 절망한다. 한 생원에게 '나라라고 하는 것은 내 나라였건 남의 나라였건 있었댔자 백성에게 고통이나 주'는 존재인 것이다. 그래서 그는 개인에게 이익만 된다면 어떤 나라가 되든지 상관없다고 생각한다.

구한말, 일제강점기, 해방이라는 근대사를 배경으로 한 생원이라는 인물을 통해 우리 근대사 속의 농민과 땅 그리고 국가의 관계를 그리고 있는 이 소설은, 당대의 최대 현안이었던 토지 분배 문제를 풍자적인 수법으로 비판하고 있다. 더불어 개인의 이익만 생각하는 소시민의 한계도 풍자하고 있는 작품이다.

작품 깊이읽기

빼앗긴 논

논은 어느 시대이건 농민들의 삶의 터전이었다. 그래서 논을 빼앗긴다는 것은 단순히 땅을 빼앗긴다는 것이 아니라 농민으로서의 삶 자체를 빼앗기는 것이다. 이 소설의 주인공 한 생원네는 구한말과 일제강점기에 논을 빼앗긴다. 정확히 말하면 구한말에는 논을 빼앗긴 것이고, 일제강점기에는 논을 팔았으니 빼앗겼다고 할 수는 없다. 어쨌든 이 소설은 이러한 논에 관한 이야기이다.

해방이 되자 농민들은 일본인에게 팔았거나 빼앗겼던 땅을 다시 찾을 수 있을 거라는 희망을 갖는다. 그러나 농민들의 이러한 바람에도 불구하고 일제가 빼앗아 간 논은 원래 주인에게 돌아가지 못한다. 해방이 되어도 친일파들을 중심으로 한 지주 세력의 기득권이 유지되고, 토지개혁은 이뤄지지 않는다. 이 소설은 농민들의 가장 절박한 생존의 문제가 해방 이후에도 해결되지 않았음을 보여준다.

풍자의 대상

이 소설은 한 생원을 풍자하는 데서 시작한다. 허황하고 헤픈 편이라 빚을 지고, 어리숙하게 행동하고 희떠운 소리를 잘해서 조롱거리가 되는 한 생원. 한 생원은 해방이 되어 일본인에게 팔아먹은 논이 자기 논이 될 거라고 생각한다. 그러나 한 생원의 생각처럼 일이 풀리지 않는다.

작가는 기본적으로 이런 한 생원의 생각과 행동을 풍자하지만, 실제로 풍자하고자 하는 것은 해방 직후의 사회상이다. 해방이 되어도 변하는 것이 없다. 가난한 농민은 여전히 가난한 농민일 뿐이다. 나라를 되찾았음에도 불구하고 해방 전 식민지 시절과 달라진 것이 없다. 그리고 힘없는 한 생원이 고작 할 수 있는 일이라곤 '독립됐다구 했을 제, 내 만세 안 부르기 잘했지.'라며 혼잣말을 하는 것뿐이다. 그래서 한 생원은 '난 오늘버틈 도루 나라 없는 백성이네. 제길, 36년두 나라 없이 살아왔을려드냐. 아니 글쎄, 나라가 있으면 백성한테 무얼 좀 고마운 노릇을 해주어야 백성두 나라를 믿구 나라에다 마음을 붙이구 살지. 독립이 됐다면서 고작 그래, 백성이 차지할 땅 뺏어서 팔아먹는 게 나라 명색야?'라고 외치며 자리에서 일어선다. 작가는 한 생원의 말을 통하여 토지 문제를 해결하지 못하고 있는 해방 직후의 현실을 신랄하게 풍자한다.

한덕문이 길천이게다 논 팔아먹던 대 났구나.

이 말은 한덕문의 허황하고 엉뚱한 모습을 비아냥거리던 말이다. 가령 어떤 엉뚱한 계획을 세운다든지 허황한 일을 시작하여 놓고서는 천연스럽게 성공을 자신한다든지, 결과를 기다린다든지 하는 사람에게 속담처럼 쓴 말이다. 조금만 생각해 보면 땅을 판 돈으로 빚도 갚고 남은 돈으로 다른 논을 사겠다는 한덕문의 계획은 불가능하다는 걸 알 수 있다. 모두 비싼 값을 쳐주는 길천에게 땅을 팔려고 할 것이기 때문이다. 그래서 이 말은 개인적인 결함, 특히 한덕문의 게으름과 아둔한 이재를 풍자하는 역할도 한다.

한덕문은 일본인 길천에게 일곱 마지기 논을 판다. 친구가 한덕문에게 농사꾼이 논을 팔면 어떡하냐고 책망을 하면 '일인들이 다 쫓겨나면 그 땅 도로 내 것 되지, 갈 데 있겠나?' 하며 배포 있게 장담을 한다. 이런 허황하고 엉뚱한 한덕문을 조롱하는 말이지만, 해방이 되자 일인들이 토지와 그 밖에 온갖 재산을 죄다 그대로 내어놓고 보따리 하나에 몸만 쫓겨간다. 그러자 사람들은 혹시 한덕문 말대로 되는 것이 아닌지 희망을 갖게 된다. 그러나 희망은 물거품이 되고 만다.

독립됐다구 했을 제, 내 만세 안 부르기 잘했지

이 작품은 해방 직후 과도기의 사회상을 풍자하고 있지만, 해방 직후만 풍자하는 것은 아니다. 구한말 동학 직후의 부패한 사회상, 일제강점기의 농토 수탈, 그리고 해방 후의 문제점을 통해 농민들이 어떻게 농토를 수탈당하고 고통받는지 보여준다.

작가는 가난한 농민들에게 엉뚱한 모함을 씌워 농토를 빼앗아 가던 구한

말이나, 일제강점기에 일인들에게 농토를 수탈당하던 시대나, 해방을 맞아서 새로운 정부가 들어선 현재나 조금도 나아진 게 없다는 점을 풍자한다. 나라가 있었던, 나라를 빼앗겼던, 나라를 되찾았던 모든 시대가 농민의 삶에서는 전혀 변하지 않았음을 보여준다. 그래서 '독립됐다구 했을 제, 내 만세 안 부르기 잘했지.'라는 마지막 문장은 읽는 우리의 가슴을 아프게 한다.

채만식을 읽다

1판 1쇄 발행일 2021년 7월 26일

지은이 전국국어교사모임

발행인 김학원
발행처 (주)휴머니스트출판그룹
출판등록 제313-2007-000007호(2007년 1월 5일)
주소 (03991) 서울시 마포구 동교로23길 76(연남동)
전화 02-335-4422 **팩스** 02-334-3427
저자·독자 서비스 humanist@humanistbooks.com
홈페이지 www.humanistbooks.com
유튜브 youtube.com/user/humanistma **포스트** post.naver.com/hmcv
페이스북 facebook.com/hmcv2001 **인스타그램** @humanist_insta

편집책임 문성환 **편집** 김사라 **디자인** 이수빈
용지 화인페이퍼 **인쇄** 청아디앤피 **제본** 정민문화사

ⓒ 전국국어교사모임, 2021

ISBN 979-11-6080-671-7 43810